U0082866

無無明

弋蘭——著

島田莊司——講評

詹宏志——導讀

關於【金車・島田莊司推理小說獎】

華文世界近年來掀起了一股推理小說的閱讀風潮，大量日本、歐美的推理作品被譯介出版，也深受讀者喜愛。金車教育基金會為了鼓勵華文推理創作、發掘年輕一代深具潛力的推理作家，加深一般大眾對推理文學的討論與重視，獲得日本本格派推理大師島田莊司首肯，舉辦兩年一屆【金車・島田莊司推理小說獎】。

誠如島田老師的期待：「向來以日本人才為中心推理小說文學領域，勢必交棒給華文的才能之士，我可以感覺到這個時代已經來臨！」期盼透過這個獎項讓更多人投入推理文學之創作，帶給讀者嶄新的閱讀時代。

這項跨國合作的小說獎已邁入第六屆，在島田先生和皇冠文化集團支持下，將致力華文推理創作推廣到世界各個角落，讓此一獎項不僅是華文推理界的重要指標，更是亞洲推理文壇的空前盛事，期盼未來華文推理作家能躍上世界推理文壇。

[推薦序]

華麗的演出——我讀《無無明》

（本文涉及部分情節設定，請自行斟酌閱讀）

PChome Online 董事長／詹宏志

作為帶著娛樂效果的推理小說，《無無明》的開場可說是無比的「壯觀華麗」（還是我應該說它是「煽情聳動」？），好像是一部彩色大銀幕的快節奏電影，布局嚴謹縝密，情節高潮迭起，這在我讀華文世界推理小說的經驗裡，是非常少見的精采作品。

小說一開始，一位清晨遛狗散步的路人在河堤橋下發現一具屍體，但很快地也更駭人地，路人發現那不是一具屍體，那是一具沒有頭的假人模特兒，加上一顆真正的人頭，充滿話題的案子立刻在社會上和媒體上炸了鍋。故事開場就是這樣兇殘恐怖的分屍案件，但小說家變本加厲，片刻不容讀者喘息，繼續描寫被分屍的受害人其他身體部位的出現，每一屍體部位都伴隨著一個缺少該部位的木製人體模特兒，棄屍的場所分佈廣闊，散落在各種不可思議的地點與場合，也都牽連了若干似乎毫不相關的人。

兩位辦案成績出色的檢察官被分派來偵辦這個棘手的謎案，他們一位是男性，一位是女性，一位是動態的現場派，一位則是靜態的安樂椅派；加入辦案的，還有一名敬業的警官和一位敏銳的刑事鑑識人員，他們的性格與背景都不相同，辦案的手法也迥異，但都必須用他們最拿手的方法與專業，以及他們的獨特視角，加上鍥而不捨的執著態度，投入案情的解謎。

包括分屍的詭譎案情，包括辦案者的對比特質，這些故事中的設定都是充滿戲劇效果的。但光是這樣說，我們可能還低估了作者鋪張故事架構的企圖與能力，因為接下來小說的展開與進行，實際上比這個波瀾壯闊的開場還要複雜。讀者一頁一頁跟著兩位檢察官分頭走進了迷宮般的案情，相關的故事支線一一浮現，我們將要發現，屍體極可能不止一具，兇殺案也可能不止一樁，故事像是個「大餅包小餅」的多層結構，出現的屍體似乎掩護了另一具屍體，而出現的謀殺案則好像暴露了另一件謀殺案，這到底是怎麼回事？兩件案子（或者不止兩件？）之間有什麼關聯？兩位死者（或者不止兩位？）究竟有什麼關係？刻意製造聳動話題、高調彰顯案子的兇手究竟想說什麼話？達成什麼效果？揭露什麼隱情？

小說當中調度了許多個快速更迭的場景，時間跨度超過了十五年（有些當事人早已去世），而涉及案情的主要角色恐怕也有十幾位（甚至還包括了一整個小鎮），作者這種控制場面的描寫能力是成熟而驚人的。但故事本身也有多重意義，小說裡隱藏一個社會對低智人物的霸凌悲劇，作者其實是有強烈的控訴意識的。小說也涉及犯罪心理的委婉探討，幾位當事人詭異的行為動機，也給了這部小說多了不少值得討論的話題。

這是一部情節豐富、結構複雜的小說，當中包含的情緒愛憎也強烈分明。在評審過程裡，不同背景的評審不免用「現實的角度」討論其中部分情節是否真實可行（因為有些設計是過分巧妙了），我們的結論是有疑慮的；但這些疑慮倒過來說明小說作者的成功，他讓我們情感介入其中，又覺得大部分情節幾乎都是真實可信的，這反讓我們對部分真實性存疑的情節耿耿於懷，如果不是他已說服了我們，我們又怎麼會這麼斤斤計較呢？

第一部 起

陳師傅永遠忘不了那一天。

他的記憶力隨著年歲增長逐漸衰退，很多事物不再清晰，他也沒有把握自己的記憶是否如實完整。

但那一天別具意義。

對他、對少年A和少女B，就如同一幅已經定格的照片，再也不可能改變。

當時記者來採訪他教的一班國中社團，作品得獎了，那一班共有十三名學生，九男四女，陽光灑落在學校中庭，每個學生身旁放置著各自的木工作品，歡笑聲不斷，青春如此美好。

記者一邊拍照一邊囑咐大家放輕鬆，自然一點，要大家擺出最舒服的姿態。

最後登上新聞版面的這張大合照裡，他站在最中間，少女B在前排半蹲著，長髮綁成一條馬尾，清秀白皙的臉龐微微側向一邊，少年A站在最左邊，面無表情，彷彿不經意地看向她。

他們之間相隔了那麼多人，視線卻恰好對焦。

陳師傅將那張合照裱框，掛在工作室牆上，底下的櫃子則擺放他的得意作品。

教完這一班，他再也沒有收學生，因為太痛了。

那年的夏天結束後，少女B死了，被殺死，手段殘忍。

他知道兇手是誰，可是不能說，要保密，他答應過，會帶著這個秘密離世。

往後幾乎每一天，他總是凝望著這張大合照，看得出神，思忖：我是不是做錯了？

他縱放了兇手。

少女B的面容越來越模糊，陳師傅拿起一尊櫃子上的木雕觀音像，溫柔地撫摸著，閉上雙眼，喃語一段《心經》。

「無無明，亦無無明盡。乃至無老死，亦無老死盡……」

1

9月2日星期日　清晨5時32分　S大橋

徐立勳一如往常換上簡單舒服的裝束，牽著「米粒」出門，開始例行的晨跑。

「米粒」原本是條流浪犬，小小一隻台灣土狗，他在河堤邊看見牠被其他流浪犬圍攻，傷痕累累，奄奄一息，想站都站不起來，他一時起了憐憫心，帶牠去看獸醫，治好傷，然而等牠痊癒後，他陷入兩難。

他住家附近那座S大橋下方河堤占地遼闊又荒蕪，聚集一大群流浪犬，總是有人在那裡丟棄犬隻，置之不理，他不可能因著同情牠們的處境就全部帶回家養，他沒心力也沒餘裕，但將這隻小傢伙直接丟回去河堤邊，就是丟進虎口，他決定暫時養著，等小傢伙長大一點、結實一點，再做其他考慮。

沒想到這一養就是三年，小傢伙長得雄壯健康，他甚至幫牠取了名字叫「米粒」，而橋下那裡因為曾經發生過小孩子玩耍被野狗追咬、受傷嚴重的事件，有關單位終於決定大刀闊斧，好好整頓，將那一群流浪犬一網打盡，現在偶爾只見零星幾隻狗隱匿在草叢間。

河堤那一帶平時人煙稀少，雜草叢生，S大橋跨越兩座大城市，橋面上車水馬龍，相當熱鬧，橋底下卻是完全迥異的風景，河岸邊淹沒在一大片野草裡。

徐立勳喜歡沿著河堤岸邊的小道慢跑，這裡人少，清靜，只會偶遇幾個散步的老人，他戴著耳機聆聽手機裡的音樂，用莫札特的作品開啟一天。

「米粒」總是興奮的跑在前方領路，跑一段路就停下來四處嗅聞，一邊等主人，牠是個優秀的觀察家，只要環境有一點變化都逃不過牠的鼻子。

據說現任市長當年的政見之一就是整頓好這座橋下的河岸，開闢成為河濱公園以及腳踏車道，過了好幾年依舊如故，往下瞧還是一片亂糟糟。

「汪汪！」

徐立勳突然聽到「米粒」急促的吠叫聲，他加快腳步，發現「米粒」站在樓梯口，朝下方激動地大叫，持續不斷。

這段路正好在大橋橋墩下方，光線陰暗處，那樓梯可以往下走，連接到河岸邊，由於下方都是野草和流浪犬，幾乎沒人使用，上回被攻擊的小孩們就是跑到下面玩，才導致被野狗群追逐。

他試著看清楚「米粒」發現什麼。

「米粒」等不及了，直接往下衝。

徐立勳摘下耳機，瞪大眼睛，終於看見了。

在水泥橋墩邊，躺著一具雪白裸體，確切的說，是一具斷頭的假人模特兒，身軀扭曲的斜倒著，兩隻黑狗圍繞著那軀體叫著，邊啃咬。

「米粒」跑下去後，先是朝著假人模特兒的方向吠叫，接著轉身跑向另一邊，有個「東西」在那裡。

徐立勳的心跳加速，好奇心帶領著他緩步往下移動，想看清楚。

天微亮，野草間，「米粒」身旁有隻黑狗在啃「東西」。

他嚥口口水，瞬間全身血液倒衝，腦袋一片空白。

那是一顆人頭。

2

張超一檢察官走進公園，來到一座花園棚架下，他找了一張長椅坐著。

棚架爬滿綠色藤蔓，紅花盛開，前方可眺望人工池塘，幾個孩子站在拱橋上拿魚飼料餵魚，嘻嘻哈哈笑鬧著。

這是一幅悠閒的午後景致，但他今天並非來此暫時放鬆，休息片刻，而是來談公事。

起因是兩天前發生在S大橋下的人頭命案。

警方接獲報案後，立刻大規模封鎖現場，並進行搜索，然而，巡遍河堤附近一帶卻只找到那顆人頭以及斷頭的假人模特兒，找不到其他被棄屍的人體部位，除此之外就是一堆無用垃圾。

人頭被放置在橋墩下的水泥地，鑑識人員沒找到腳印，倒是有滿滿的野狗泥土足跡，亂七八糟的。

假人模特兒身上有野狗的咬痕，那顆人頭也有撕扯的齒痕，野狗餓壞了，什麼都吃。

負責偵辦的警分局以電腦修復繪圖技術還原那顆人頭的長相，是個相貌清秀的少女，打算朝失蹤人口的方向進行調查。

沒想到出現一個意外的轉折，那也是他今天為何坐在這裡等候的緣由。

出現了，那苗條的身影，響亮的足音，五吋高跟鞋穩定的敲打地面，步伐從容，自信滿滿。

彭子惠檢察官走到張超一的面前，站定。

「嗨。」他微笑朝她打招呼。

她直接在他身旁坐下來，嘆氣。

「我不知道李主任這樣安排是什麼意思……」

「我也不知道。」

「你不跟他抗議嗎？」

「我的經驗是，跟上司口頭抗議不會有任何效果。」

「我沒想到你是這種……服從的人。」

她的口氣略帶嘲諷，張超一凝望著彭子惠，目光別有深意。

「妳跟李主任抗議過，他說什麼？」

彭子惠翻白眼，帶點火氣的回道：「他要我好好跟你合作，這案子很重要，別把私人情緒帶到工作上。」

確實，這案子很重要。

承辦的分局警員發布那張人頭照片，進行搜尋後，接到一通高層電話，要他把照片撤下。

連媒體都收到消息，那顆人頭的主人已經找到了，正是退休法官王正邦的15歲女兒王珍芯，她在9月1日傍晚離家之後，從此和家人失聯。

未成年、被分屍、法官女兒……這種種要素匯集成一則熱門頭條新聞，網路上盛傳各種陰謀論、一些無根據的謠言可以被渲染成事實誤導偵辦方向、電視名嘴個個扮起偵探彷彿掌握內幕……這案子眾所矚目，同時也成為燙手山芋，連高層都施壓盡速處理。

張超一無法理解為何李主任會要求他和彭子惠一起合作，組成專案小組負責偵辦這樁人頭命案。

他們兩人完全不同，從各方面沒有一點合得來。

他的外表不修邊幅，常常一忙起來就沒刮鬍子，一頭亂髮，襪子破洞，鞋子一左一右不成雙，衣服縐巴巴……活像個流浪漢。

相較之下，彭子惠就是一尊精緻的芭比娃娃，她全身上下，從那頭及肩秀髮，身上搭配的套裝，腳上的高跟鞋，手上的公事包，彷彿身邊有個隱形造型師隨時提點她，營造出一個完美的形象。

但他們兩人最大的不同點，在於工作方式。

彭子惠是標準的辦公室派。

她的工作準則明確，除非必要，她不會親自到現場。

她認為檢方的職責就是仔細檢視證物和警方所做的筆錄，判斷嫌犯是否有罪、是否要起訴、要用什麼罪名起訴，蒐證是警方的工作，沒必要浪費時間去現場。

檢警雙方分工合作無間，辦案才有效率，而她的工作效率確實很高，幾乎不積案。

張超一則是截然不同的態度，是現場派。

不論案件大小，他必定要去犯案現場走一趟，他不相信第二手證物，任何證物經過處理，都會遺留處理人的私心，而那可能就是誤判的起因。

現場是最原始的空間，最好在未經汙染前親自去看、去觀察、去記錄，任何一樣小物都可能是案件的起點。

那起點隨著時間醞釀成為動機。

作為檢方的職責，就是要找到這個起點，才能以正確的罪名起訴。

因此，他的辦案效率極差，辦公桌上總是壓著一堆案子。

他依著自己的速度辦案，李主任也難以指責，畢竟他是為工作一心求好，而非故意偷懶，也沒有做出破格的事。

這兩人處事風格南轅北轍，卻被湊在一起合作辦案，算是李主任的一點惡意吧。

雖然張超一和彭子惠都不滿意對方，卻有個共識，要結束這個詭異的合作關係的唯一方法就是盡快破案，抓到犯人，結束偵查，結案。

地檢署的同事們都在看好戲，說不定在等看他們的吵架現場，他們決定在外面另找個地方會面，在正式合作前先談好彼此的原則和底線，以及對案子的初步看法。

午後陽光從上方植物間隙灑落，張超一拿出慣用的黑皮筆記本，彭子惠從公事包掏出白殼平板，開始他們第一次的會議，討論案情進度。

根據警方報案紀錄，王正邦在9月2日上午7點到他家附近的警分局報案，表示他女兒王珍芯從昨晚5點離家後，整整一晚上都沒跟家人聯繫，已經失蹤超過12小時，請警方協尋。

這位退休法官現年79歲，妻子於10年前過世，長子和長女都已在國外成家立業，家裡就剩他和小女兒王珍芯同住。

王珍芯剛滿15歲，就讀某著名私立中學三年級，由於算老來得子，王正邦相當寵愛她，然而在9月1日那天傍晚，父女兩人起爭執，女兒負氣出門，旋即失聯，他非常擔憂。

他不願多談爭執的內容，只說和補習班老師李昌和有關。

「他誘拐我女兒！」

這位退休法官陳述自己其實早在9月2日深夜兩點左右就打電話報警，說女兒未歸，希望警員能去李昌和家找人。

李昌和誘拐他女兒！王正邦再次強調。

但警分局的警員不當一回事，不作為，才會造成他女兒被殺害的憾事發生。

這一點，該分局接電話的陳警員喊冤，表示並沒有不作為，他有請李昌和住家附近轄區派出所的同仁去他家查訪，並沒有發現異狀。

王正邦家住在一棟管理森嚴的大樓，管理員證實9月1日傍晚王珍芯的確氣沖沖地離家，手上還提著一個旅行袋，平常很有禮貌的孩子那天卻連招呼都不打一聲就走了。

王珍芯離家後，曾用手機打過兩通電話，一通打給同班好友高筱雲，對方表示王珍芯打電話給她是在抱怨爸爸的事，說她爸爸太專制，控制狂，什麼都要管，還不准她繼續補習，她很生氣，但是她沒提到要離家，也沒說要去哪裡。

第二通電話打給補習班老師李昌和，他當時正在上課，沒接聽。

之後王珍芯將手機關機。

「關手機是不想讓人追蹤她？不想被找到？」張超一提問。

彭子惠聳肩。「也許是她爸爸正在奪命連環叩，她不耐煩才關掉手機？」

張超一沒異議。

由於王正邦的身分敏感，警員們懷疑涉案人員可能和王正邦以前審過的案子有關，但王正邦非常篤定的指控犯人就是李昌和，卻也沒有提出明確的證據，這點令警方辦案人員相當苦惱。

王珍芯在校表現正常，根據同學和老師的證詞，各方面表現優秀，人際交往正常，也沒有被霸凌跡象，無法理解怎麼會被如此殘殺？

至於被王正邦指控誘拐王珍芯的嫌犯李昌和，目前是立倫補習班的數學老師，現年30歲，單身，曾經在內科某科技公司工作過幾年，約一年半前辭職，他表示想轉換跑道考國考，不想繼續爆肝賺錢，同時在補習班兼課教書賺外快。

就他的同事和學生對他的評語，認為李昌和的性格幽默健談，關心學生，對教學很熱忱，受學生歡迎，還曾經邀請過學生去他家玩，都是很正向的評價。

不過因為他家位處偏僻，只有十多位學生曾經去過。

「王珍芯曾經去過他家？」張超一提問。

彭子惠點頭。

王珍芯和高筱雲一起去過李昌和家裡玩，但高筱雲不覺得他們兩人有特殊關係，李昌和對所有學生一視同仁，沒有特別偏愛誰，他的補習班同事也覺得他不是那種會跟學生亂搞男女關係的人。

「人緣不錯。」張超一微笑。

「更重要的是，」彭子惠加強語氣說：「他有不在場證明。」

9月1日那天是補習班班主任生日，當晚在餐廳辦慶生會，所有同事都參加，李昌和也不例外，吃過飯後一夥人又去唱KTV續攤，十點多才散會，李昌和喝了不少酒，另一名沒喝酒的同事就順路開車送他回家。到他家時已經接近午夜，那名同事還送他進家門，非常肯定的說他家沒其他人，更沒看見王珍芯。

李昌和表示他回家後就倒頭大睡，睡到隔天快中午才清醒，看新聞報導得知王珍芯遇害，而自己被指控誘拐王珍芯，成為命案嫌疑人，感到莫名其妙，他根本不清楚為何王正邦要如此誣衊他。

至於那晚深夜是否有警員去他家查訪，他說自己已經睡死，根本沒察覺有人按門鈴或打電話，他太累了。

「左鄰右舍都沒人注意？」張超一疑惑。

彭子惠用平板秀出幾張照片，那是負責偵辦此案的警員所拍攝下來嫌犯李昌和的住家及附近的景觀，是一幢位於河畔的三層樓獨棟住宅，距離市區行車約一個半小時至兩小時。

警員四處調閱案發當天和前一天的監視器，詳查後，約略規劃出王珍芯離家後的行蹤。

她先去自家附近的捷運站搭車，搭到最終站，出了捷運站後轉搭公車，警員查過公車班次，調出車上的行車紀錄器和監視器，確認王珍芯上、下公車的時間點，她抵達李昌和住家那一站已經接近晚間七點。

那一班公車司機也對她略有印象，主要是他對陌生乘客會多留意，以及她看起來像剛哭過，眼睛紅腫。

然而，王珍芯下公車之後的行蹤卻成謎。

從她下車那一站，還得走一段路，李昌和的住處門前有條河流，她得先轉進橋邊的一條小道，那道路僅能容納一輛轎車通行，當初建商在那邊河畔蓋了一排獨棟別墅，可惜銷售情況慘淡，十多戶住宅目前只有四戶有人入住。

李昌和所住的是最後一間房，旁邊是空屋，閒置著，那條小道上都沒有監視器，只有幾支路燈，警員詢問過另外三戶的住戶，都沒有人注意到王珍芯，也沒察覺到那棟屋子裡有何異狀。

他們和李昌和只是點頭之交，偶爾見面會打招呼，並不熟。

警員查過那三家人，看起來都很正常，沒有必要袒護李昌和。

「按常理，既然王珍芯在這一站下車，她的目的地很明顯就是李昌和的家，她在此地沒有任何熟識的親朋好友……」彭子惠分析。

「但沒有證據。」張超一明確的直言。

她無奈的點頭。

王珍芯就此失去行蹤，再出現只剩下S大橋下的一顆人頭。

晚上七點，一名少女提著旅行袋搭車來到陌生地點，她心裡在想什麼？張超一凝望著彭子惠平板裡的那些照片，想像著那畫面，少女站在公車站牌旁邊徘徊著，猶豫下一步該如何走，然後，她下定決心踏出第一步，邁向死亡。

如果她知道最終結局，還會負氣離家，來到一個陌生的城鎮？

彭子惠繼續調出法醫的鑑定結果。

王珍芯的死亡時間初估在9月1日晚間8點至10點之間，頸部切口非常完整，應該是使用專業工具，比如做木工使用的裁板鋸，而且是死後才切割，很乾淨，頭顱有幾塊被野狗啃咬的傷痕，還需要進一步檢視是生前傷或者是野狗咬傷。

因為還沒有發現屍體的其他部位，目前仍無法判斷確切死因。

現場遺留的斷頭人體模特兒根據鑑識人員調查，並非市面上流通的假人模特兒，那種有固定模具和材質，而這具模特兒則是以木頭親手雕刻製作，使用的是樟木，保持得很乾燥，做工精緻，手部和腳部關節還可以扭動。

不論是人頭或者假人模特兒，身上都沒有留下指紋或是生物性跡證可供進一步調查。

「為什麼我們會把假人模特兒當作是兇手遺留在現場的東西？為什麼我們要假設兇手布置現場而不只是丟了一顆人頭就走？」

張超一提出疑惑，既然在假人模特兒身上並沒有找到指紋或可用的生物證據，又如何將其和人頭連結在一起，認為是一體的？

「因為假人模特兒沒有頭，而旁邊剛好又有一顆人頭，然後又找不到那顆頭的其他身體部分，自然就覺得是一組的……」彭子惠試著解析，她似乎沒深思過哪裡有問題。

這正是人類進行判斷的一種特性，自動的會將有關聯的東西分類補全。

但張超一總感覺哪裡不對勁。

這是兇手策畫的一場秀，他思忖，在找到王珍芯的其他身體部位之前，無法窺探整場秀的全貌。

問題是為何兇手挑上王珍芯？這是隨機殺人或者早有意圖？

3

李警員本來以為只是一樁單純的酒駕事故。

他和同事阿威正在執行例常夜間巡邏，接獲報案，說那附近有人開車自撞護欄，旋即過去處理。

駕駛是名男性，看起來三十歲左右，喝得醉醺醺，車子前頭撞得稀巴爛，他倒是自行從駕駛座爬出來，貌似沒事。

肇事者坐在路邊發酒瘋，李警員和阿威一邊等救護車，要對他進行酒測、要他出示行照駕照，他彷彿瞬間清醒，想逃跑。

阿威只好使勁動手制伏他，把他壓在車旁，動彈不得，肇事者這才不情不願接受酒測。

李警員叫交通隊過來把這車子拖吊回去處理，搜了下車內，在置物箱的皮夾裡找到身分證，這男人名叫吳大樹，現年三十歲，他用名字進系統查了查，發現這肇事者是酒駕累犯，早就被吊銷駕照，現在是無照駕駛。

突然他聽到一陣叩叩聲，接著聞到一股異味，像小動物腐爛的氣味……

「阿威，你有沒有聽到奇怪的聲音？」

他同事瞪著他。

「喂，現在七月半、鬼門開，你不要自己嚇自己。」

「真的有……」李警員辯解，不甘被取笑膽子小，雖然此刻三更半夜，這路段人煙罕至，確實很有鬼片的氣氛。

叩叩。

兩人同時聽到那聲音，頓時交換戒備的眼神，阿威甚至拔出槍，示意去車後看看，是不是藏了人？

吳大樹雖然被壓制住，仍在鬼吼鬼叫，喊著不要侵犯他的人權、他要叫某某某議員過來幫忙……

李警員輕手輕腳走到車後方，發現這車子的後車廂門沒關緊，可能是車禍的衝擊力導致，裡面似乎塞滿東西。

他深呼吸，一手握槍，另一隻手迅速打開後車廂門，驀地，那股噁心臭味撲面而來，他忍不住掩鼻。

後車廂內塞滿泡棉，一具白皙赤裸的假人模特兒斜躺著，仔細看，少了左手臂。一隻真人左手臂則擱在旁邊，泡棉覆蓋其上，小蟲子密密麻麻蠕動著，大快朵頤美味腐肉。

李警員顫顫巍巍地走到一旁，低頭吐了。

4

關雨桐好想哭。

她怎麼會遇到這種事，不過疏忽幾秒鐘，就落到如此下場……

追根究底是她太大意，連小學生都知道不要隨便喝別人給的飲料，怪只怪，那個男人太有吸引力，雖然現在她只能勉強想起那是一個男人，根本不記得他的面容，就剩下一個模模糊糊的影像，記憶片段不連貫，一努力動腦回想就頭痛欲裂。

飲料裡一定是加了「強暴丸」，她幾乎憤恨起自己的愚蠢，又不是第一天混夜店，明明是常客，浪過多少次，竟然栽在那種東西底下……是什麼導致她鬼迷心竅、失魂了？

頓時，闞雨桐若有所失，胸口悶痛。

那男人給她初戀的感覺，像她很久以前偷偷暗戀的男孩，是她年少時的秘密，或許正是那錯覺導致她此時此刻的窘狀。

她被剝光衣服，一絲不掛，扔進一間鐵皮屋內囚禁。

鐵門深鎖，唯一一扇窗戶用木板釘死，屋裡沒有一盞燈，沒有一絲光線滲透進來，她自從醒來後就身處絕對的黑暗裡，不知所措。

雖然沒有被綑綁，可不論她如何大喊大叫，拚命地敲打門窗，都沒有人搭理，她甚至不知道有沒有被強暴？

有一段記憶被剝奪了，她處在被遺棄的狀態，那個人拿走她所有的東西，包括衣服、鞋子和包包，但綁架她、囚禁她的人是誰、意欲為何，她一概不知，連一點訊息都沒有。

她試圖摸黑在屋裡探索，估計不到十坪大，她摸到一張桌子和一張椅子，好像還有一些像農具的東西，另外就是……

闕雨桐吞口口水，實在不想想起那畫面和觸感。

好像是一具假人模特兒，可是少了右手臂，不過旁邊有一隻……斷掉的人手，正是右手臂。

闕雨桐的呼吸變得急促，可能是恐慌症發作，不行，真在這裡發作她就死定了。

在看不見的狀態下，聽覺和嗅覺變得異常敏感，她感覺到蟲子爬行的聲音，窸窸窣窣，可能是蟑螂、螞蟻、老鼠和蛆在蠕動……那惡臭令她想吐。

沒有水也沒有食物，闕雨桐靠坐在角落，雙手抱膝，好渴、好餓、好累，不知道自己被關在這裡多久了，也許一小時、也許一天、也許一星期……隨著一分一秒的流逝，她越來越感到絕望。

她已經被整個世界遺忘，她會孤獨的死在這裡，沒有人在乎她……

那些捧她當女神的網路宅男很快會找到新歡、前男友恨不得她死吧、隔壁鄰居一年說不到三句話、身邊的好姊妹也沒有一個真正關心她，她想不出一個會因為她失蹤而報警的好朋友……這世界上唯一一個會為她流淚的人是家鄉的母親，然而她已經三年沒回家，她只想遠離那地方的所有一切事物……

因為身心俱疲，她忍不住打盹，朦朧間她聽到一陣摩托車聲，她猛地起身，激動的往前跑還因此撞到桌椅，痛得慘叫，差點摔倒。

她不管此刻全身赤裸，用力大喊：「救命！我在裡面！救命！」

嘩！

一名老農夫打開鐵捲門，刺眼光線射進屋內，關雨桐瞬間睜不開眼睛，花了幾秒鐘才適應外面的陽光。

老農夫一頭白髮，傻愣愣的盯著屋裡的裸女，像看到一個外星人闖進他家，半天反應不過來。

關雨桐用一手遮著雙乳，另一手遮住下體，姿態彆扭，盡量以平緩冷靜的口氣說：「老伯伯，麻煩請你幫我報警，我被人下藥綁架了……」

5

林裕文喜歡這座山，林木蓊鬱的山脊蜿蜒而下，是條清澈的溪流，夏天有不少遊客會結伴來釣魚。

他任職的梅達護理之家就位於半山腰，住民大部分是年邁的長者以及行動不便或者罹患慢性病需長期照護的病人，他擔任保全已經兩年，期間只休過三天假，但他毫無怨言，從不抱怨。

就一個才三十歲的青年會甘願在這種偏鄉工作似乎很不可思議，對林裕文來說，這正是他所追求的平靜生活，尤其在發生過那件事之後，他經常失眠，每晚都得吞安眠藥才能入睡，自從來到此地工作後，累歸累，與世隔絕的環境讓他逐漸擺脫惡夢，相信一切都過去了。

他會在睡前到護理之家主樓後面停車場的空地，抽兩根菸，看星星，他從來沒想過可以看見這麼多星星，尤其一場午後雷陣雨，天空洗淨，夜晚的星空美不勝收，察覺到人是如此渺小，而他曾經犯過的錯是如此微不足道，他常常一抬頭，不知不覺看入迷，還曾經扭到脖子，抽完菸後，他心滿意足回宿舍睡覺。

他可以忍受寂寞，如果那是他做錯事後一輩子必須承擔的代價。

只是，惡夢終究還是回籠。

那晚，停車場附近起了騷動，一名護理師打電話到警衛室，希望能派人過去巡一下。

林裕文立刻趕過去，發現有幾個住民和護理師圍繞在停車場那裡，議論紛紛，臉上表情慌亂，好像在害怕什麼，他感受到一股恐懼的氛圍。

停車場是一大片水泥空地，旁邊還有一塊碎石地，擱著幾個綠色的大型垃圾子車以及分類清潔箱，再過來就是草皮和戶外石椅，平常鮮少會有人過來。

路燈的白光映照著，所有人看著他，眼睛裡帶著無聲的憂慮，他屏住呼吸，小心翼翼的走過去，終於看見那東西。

一具赤裸的白色假人模特兒被丟棄在地上，背靠分類清潔箱端坐著，少了一隻左腳，而旁邊的碎石地上正好擱了一隻人的斷腳，血跡斑斑，散發出腐爛的惡臭。

那味道和垃圾車的氣味夾雜一起，蒼蠅大快朵頤，嗡嗡嗡嗡，吵得他頭痛。

他拿出手機想報警，聲音卻哽在喉頭，他瞪大眼睛，那假人的面容逐漸轉變，成了記憶中的她。

她一絲不掛，被綑綁、被羞辱、被活活打死……而他正是共犯之一。

「不……」林裕文倉皇的後退，那具假人彷彿化身厲鬼，緩緩站起來，朝他走近。

「不，放過我！」他淒厲的大喊。

6

莊敬萱騎車送女兒去學校後，旋即轉向，趕往自己開設的百元理髮店。

她租了一個五坪大小的店面，和另一名同行合租，店就開在捷運站出口附近，除了理髮，還可以加錢洗頭或理容，生意還不錯。

今天她負責開店門，他們兩人隔週輪流開、關門，當週負責人要提早一小時打掃店裡、清潔器具和倒垃圾。

她想起有一袋垃圾要丟，得趕在垃圾車抵達前清理乾淨。

莊敬萱停好機車，走進巷弄裡，這是一條單行道，兩邊公寓住商混合，有住家也有店面，她經過一間早餐店，猶豫了一會要不要先吃過早餐再去店裡，最後她隨便買了一個三明治就離開了。

事後回想，幸好她沒浪費十五分鐘吃早餐。

她打開鐵捲門，從玻璃門窗往裡看，她注意到右邊斜背椅上似乎躺了一個人？

視線太暗了，她推開玻璃門，開燈，慢慢的走近。

五坪大的室內在左右兩面牆壁分別置放梳妝鏡、置物櫃和理髮椅，右邊的椅子上理應是空著，此刻卻坐著一具雪白色的女性假人模特兒，且少了右腳……

莊敬萱的心臟瞬間慢半拍，背脊流過一陣寒顫，她這時才注意到假人空著的右腳邊竟然擱著一隻真人的右腳，上面爬滿密密麻麻的蟲子，散發出惡臭……

她強忍著嘔吐的念頭，趕緊先拉下門窗的簾子，鎖好門。

她必須冷靜。

她不能再被警察抓走，不行，她不想再跟警方有任何瓜葛，這輩子都不想。

她的女兒才八歲，不能沒有媽媽。

她前夫五年前被抓去關，不知道啥時候出獄，她也不想再看見他，她已經當他是死人，她是孩子唯一的親人，必須堅強。

不管是誰闖進這間店放那個東西，不管是不是她無意中惹到誰，不管擺那個東西是惡作劇或恐嚇……她必須處理掉。

莊敬萱匆匆忙忙的拿出大垃圾袋，戴上乳膠手套，忍著噁心將那隻人腿用假髮綑成一團，丟進袋子裡綁好。

接著她試圖將假人模特兒拆開，卻發現這假人的製作和一般固定的模具不同，手、腳和頸部的關節可以活動彎曲，無法拆卸。

她思考幾秒後，從櫃子裡拿出一個大箱子，將模特兒的軀體彎曲，塞進箱子裡，最上面鋪滿假髮和泡棉遮掩，封好箱子，然後放回櫃子裡。

她打算等下班以後再找機會拿去丟掉。

她聽到垃圾車的音樂聲，不假思索，提著大包垃圾出去，她連一秒都不想耽擱，無法忍受那隻人腳在她的店裡。

等一下要記得找鎖匠過來換門鎖……她暗忖，不自覺默默向神明祈禱，拜託老天爺幫幫她，讓這件事就這樣過去，拜託，她好怕，她不想重蹈覆轍……

7

鄭喜來踏入自宅，脫鞋，開燈。

每次下班回家總覺得被掏空，身心俱疲，好累。

他鬆開領帶，公事包扔一旁，整個人沉入昂貴的沙發內，閉上雙眼。

不想思考，不想活動，只想像個死人。

每天在他手上可操盤的金流以億為單位，他是他任職銀行最熱門的理專，眼光精準，能替客戶賺錢，於是一個報一個，「好康倒相報」，他的客戶越來越多，壓力也越來越大，甚至引起金管會的注意。

他每晚都得服用安眠藥才能順利入睡。

嘟嘟嘟……手機在震動，他不想接聽。

可能是他的女朋友小麗，自從論及婚嫁，他感覺他們之間的熱情迅速消退，她變得很市儈，斤斤計較，他不敢說他其實會向她求婚單純只是因為他媽媽在催婚，反正也在一起一年多，習慣了，是該娶老婆安定下來。

有一個正當工作，有妻、有子、有房、有車，像個正常人，回歸正常人生軌道……這不正是他的夢想？

鄭喜來翻身，睜眼，瞪著天花板。

最近常感到胸悶，不知道什麼原因，這種悶痛常是不祥之兆……

嗡嗡嗡……嗡嗡嗡……

手機沒響了，一隻蒼蠅飛過來纏著他。

他不耐煩的揮手驅趕，又一隻飛來。

嗡嗡嗡……嗡嗡嗡……

他納悶，這種飯店式管理的租賃住宅標榜會有專門的清潔人員來打掃整理屋子，哪來的垃圾吸引蒼蠅？

鄭喜來驀地起身，發現蒼蠅來自於廚房，那裡有東西。

這屋子有兩房一廳，對單身者來說算是寬敞，客廳連接一個開放式廚房，廚具完備，他自己從未親自開伙，他女友來過夜也沒動過，乾乾淨淨。

他發現洗碗槽那裡聚集一群蒼蠅，簡直像誤入恐怖片拍片現場。

他打開廚房的大燈，餐桌上竟擱著一雙白皙的假人人腿、假人手，以及一顆假人頭，面無表情盯著他。

洗碗槽那裡……是一副血淋淋的人體軀幹，沒有頭，沒有四肢，小巧的雙乳爬滿蟲子。

好臭！

他的嗅覺器官彷彿此刻才有反應，鄭喜來迅速走開，回到客廳沙發坐下，思考。

他無法明白為何家裡會有一具被分屍的肉塊……這棟大樓出入有管理員，需用晶片房門卡鎖開、關門，那個人如何悄聲無息地進屋？

他迅速查看一下家中情況，家具都沒有被翻動的跡象，家裡的東西沒有被竊，那個人不想偷東西，就只是想放那具屍塊，為什麼？

這是私人恩怨。

鄭喜來突然想起一個新聞片段，立刻拿起手機上網查詢，查到那些人的名字……沒錯，他的胸口一沉，跟她有關。

陰魂不散的女鬼。

他安靜整整一分鐘，沉澱思緒，然後他打了一通電話給認識的律師。

8

張超一和彭子惠萬萬沒想到，十天後，S大橋下的人頭命案會演變成如今詭譎的態勢，整個社會為之震驚，一發不可收拾。

兩人原本還想私下低調地找地方討論案情，如今完全不可能，不僅法務部，連司法院高層都密切關注案情發展，打電話到地檢署辦公室指名要找負責此案的檢察官，打探調查進度。

畢竟所有人都霧裡看花，只看見一個退休法官的十五歲女兒被殺害、被分屍，屍塊還被丟棄在不同地點，即便目前屍塊已經全數找齊，但仍無法鎖定嫌疑犯，棄屍現場也未留下隻字片語的訊息，難以解釋兇手的犯案動機。

現在這案子非破不可，已經成為全民討論焦點，警方的壓力非常大，而張超一和彭子惠則面對散落成一地的拼圖，試著撿拾每一塊線索，期望能拼湊出全貌，找到行兇者，送進法庭。

主任為他們準備了一間專案室，還有兩名警方人員加入特別小組，一個是刑事局負責此案的分隊長雷進，以及鑑識中心的李秀枝科長，四個人一起在專案室裡開簡報會議。

專案室內設備齊全，雷進將數名屬下做好的簡報投放在白色螢幕上，呈現一張張棄屍現場照片和影片，李秀枝則在一旁的記事板上記錄和整理截至目前警方的發現和調查報告結果。

張超一和彭子惠臉上的表情嚴肅，耐心地聆聽，專案室內的氣氛沉重，畢竟看見螢幕上那被分成六大塊的少女屍體，誰都無心開玩笑。

首先是整理王珍芯的身體屍塊被發現的過程。

9月2日清晨，一名晨跑路人在台北市S大橋下橋墩發現王珍芯的人頭。

之後，9月4日深夜11點左右在桃園觀音鄉附近，一個名叫吳大樹的男性駕駛酒駕自撞護欄，兩名執行勤務的警員在他的後車廂發現王珍芯的左手臂。

9月5日早晨8點，苗栗縣偏鄉一位陳姓老農在自家農地附近的鐵皮屋內發現一名被囚禁的裸女和王珍芯的右手臂。

同一天晚間7點左右，一家位於郊區的梅達護理之家的垃圾場發現王珍芯的左腳。

隔日，9月6日新北市的一處垃圾處理場，有清潔隊員發現垃圾袋內裝了一隻人腳，從同袋垃圾內的丟棄物找到主人，是一名女性美容美髮師，名叫莊敬萱。

而同一天晚間，9點多，台北市高級大樓的一名住戶報警，說家裡的廚房洗碗槽內被放置屍塊。

這些散落各地的屍塊經由ＤＮＡ鑑定，於今早確定都屬於王珍芯身體的一部分，至此，王珍芯被肢解的屍體終於拼湊完整。

同時棄屍現場的假人模特兒都是以樟木精雕細琢的作品，而非市面上販售的成品，且未留下指紋或毛屑等生物性跡證。

這些分散各地的案子確定彼此有關聯性後，從各地警局彙整送至刑事局，現由雷進隊長擔任總指揮的組別負責偵查。

此時，原本一片空白的記事板上逐步貼上各地案件的發現者、王珍芯的屍塊及現場照片。

再來是警方對各地棄屍案件相關證人所做的筆錄。

王珍芯的左手臂被擱置在吳大樹的後車廂內。

吳大樹現年30歲，是個臨時工，上一份工作在新竹，這一次工作在桃園，居無定所，哪裡的工地有缺工就過去，曾經有過一段婚姻，但老婆帶著孩子離家，不知下落。

根據他酒醒之後，警方幫他做的筆錄，他聲稱當天是工地的工頭請客，他不小心貪杯，不是故意酒駕，一時恍神又不小心才撞上路邊護欄，至於車子後車廂內的人手手臂和假人，他一概不知，他很確定前一晚車裡面沒東西，因為有朋友囑咐他幫忙帶東西，不曉得為何隔一晚被人放了奇怪的東西。

他的車是二手大眾車款，不是罕見車種，同工地的工人們也作證當晚他們一起去吃飯喝酒，沒發現異狀。

大家的車子都停在工地旁邊的一塊碎石地，平常也沒人會刻意過去。

工地上工的時間固定，上午六點集合開工，下午五點半回家，旁邊蓋了一間臨時宿舍，但大部分的工人都住在外頭。

那晚因為工頭請客，幾乎所有工人都過去小吃店聚餐，建築工地和小吃店的門口都有監視器，但停車的地方沒有。

吳大樹表示自己不認識法官王正邦，更不認識他的女兒王珍芯，和他們無冤無仇。

張超一聽至此，試探的問：「吳大樹現在待的那個工地是什麼時候開始動工？」

雷進很快查詢後回覆：「已經動工五個多月，吳大樹大概是三個月前進去工地，預定明年初完工。」

而在苗栗縣這裡，被綁架的女子名為關雨桐，現年三十歲，是一名網美，直播主，長得很漂亮，身材好，擁有不少粉絲。

根據她的筆錄，她在一間知名夜店碰到一個男人，飲料被下藥，被迷昏，醒來後發現自己身上所有東西都被剝光，和一隻腐爛的人手一起被關在鐵皮屋內，她嚇壞了。

她坦承平時喜歡去夜店玩，當天是不小心才會喝下那個男人給的飲料，雖然她事後想不起來細節，也記不起來那個男人的模樣，但她非常確定對方是陌生人，不是熟人。

警方調閱過那間夜店的監視器，可惜當晚的人流太多，無法確定關雨桐和那名男子的蹤跡，也沒有照到那名男子清晰的畫面，只看得出男子似乎很巧妙的避開攝影機，有可能是從後門偷溜走。

陳姓老農表示自己在那裡有一塊菜園，大概每隔兩天會過去種菜、除草、澆水、施肥，平常也沒跟人交惡，無法理解怎麼會有人看上他的鐵皮屋。

彭子惠提出一個想法。「有沒有可能是同行相忌？有人惡整她？」她補充道：「關雨桐有沒有得罪過誰？有沒有債務問題？感情問題？」

雷進搖頭。「警察也懷疑過，但她全部否認。」

張超一思索著，如果鐵皮屋內沒有相似的因素，確實這樣的處置有可能被當成個案處理，這樣下流的恐嚇手法像是黑道警告的所作所為。

接下來是在梅達護理之家的垃圾場發現了王珍芯的左腳。

第一發現者是一名黃姓護理師，她去倒垃圾時看見那隻左腳和假人，驚嚇之餘趕緊通報護理長，接著又通知警衛室的保全。

然後一個名叫林裕文的男性保全迅速趕過去處理，想不到平常行事穩重的保全，看到那隻左腳後，竟然當場昏厥。

張超一仔細詢問確認：「他昏過去？」

雷進點頭。

根據現場其他人證指出，林裕文趕到垃圾場後，像是見到鬼一樣，大喊別過來，別靠近他，驚恐萬分，接著就昏倒了。

彭子惠好奇。「所以他是怕假人？怕斷腳的屍塊？還是怕血？」

林裕文清醒之後，警方幫他做筆錄，他不肯透露，只說是不舒服。

根據他的同事的證言，林裕文平時喜歡睡前到那個垃圾場旁邊抽菸，也許放置斷手和假人原本要讓他當第一發現者，是針對他而來。

彭子惠提出疑惑。「不過那裡可是護理之家，是用什麼方法混進去？還能把屍塊和假人放在那裡？」

雷進坦承警方目前還沒有頭緒。

「這還要詳查，出入要登記，兇手或許佯裝成送貨員、工作人員、或住民的家屬都有可能。」

關於右腳的搜尋過程較為曲折。

第一發現者是新北市垃圾處理場的林姓清潔隊員，她發現有一袋垃圾滲出血水，黑假髮染成血色，蛆蟲爬滿，發出惡臭，她隱約感到不對勁，把垃圾袋打開後仔細檢查，這才看到用假髮包裹的一隻人腳。

她從垃圾袋內其他的丟棄物，找到附有住址的信件拼湊出來後，得知這袋垃圾是屬於一間百元理髮店。

店長名為莊敬萱，女性，今年三十歲，她對警方坦承是在店裡發現那隻人腳，一時慌亂才會直接丟棄，她以為是有人想恐嚇她才不敢報警，因為她有個小孩，在讀小學，她不希望事情鬧大，只想息事寧人。

「現場也有假人模特兒嗎？」張超一趁雷進停頓時，詢問。

「有的，她把那個假人丟到一個資源回收箱裡。」

彭子惠嘖了聲。「麻煩。」

「既然是開店，店門口理應會裝設監視器，有拍到是誰放的嗎？」張超一追問。

雷進一臉遺憾。「那一條巷子的監視器在事情發生當晚都被破壞了，不明原因故障，還在查。」

張超一瞇起眼，低語：「有備而來……」

最後，王珍芯的軀幹在一個銀行理專的家中被發現。

那個人名為鄭喜來，現年三十歲，男性，居住在仰德大樓十四樓，那是一間屬於飯店式管理的租賃住宅，大部分住的都是單身商務客，平常有專人管理打掃，負責的清潔人員表示當天早上進他的屋內清掃時，並未發現異狀。

鄭喜來獨居，有固定交往女友，女友偶爾會過去住，他下班回家大約晚間九點，一發現屍塊就立刻報警。

雷進這時突然停頓，別有深意的說：「不過這個人有點特別。」

其餘三人盯著他，等他補充。

「他要求要有他的律師陪同才肯做筆錄。」

兩名檢察官迅速交換眼神。

張超一好奇了。「他知道是誰放的？」

「不，他說他不知道。」

彭子惠暗忖，這個人這麼保護自己……有前科嗎？

此刻，記事板上有6張現場照片，少女的屍體被肢解成六大塊，並且標示出丟棄的地點和相關證人。

彭子惠環視著其他三人，發出第一個疑問：「所以我們現在手上有什麼？」

她停頓幾秒。「有嫌疑犯嗎？」

雷進聳聳肩。「王珍芯的父親王正邦堅持是補習班老師李昌和誘拐他女兒並且殺害她，但李昌和在9月1日當晚和補習班的同事聚餐，到晚上10點左右才結束，並且有一名同事開車送他回家。那名同事送他進屋，證實他家中沒其他人在。而就那個時間點，根據法醫鑑識結果，王珍芯已經死亡了。」

李秀枝這時提出一個意見。「我想說明一點，殺害王珍芯的人和肢解王珍芯的人，未必是同一個。現在還無法確定王珍芯是死前或死後被肢解。人死後被肢解和死前就被肢解，血流量的狀況截然不同。」

雷進接續著說：「我想李科長的意思是，也許可以搜索李昌和的屋子，做血跡測試。」

命案發生至今，警方仍未對嫌犯李昌和的屋子進行搜索。

彭子惠明白這情況，但該遵守的程序還是得走。

「目前的證據還無法開搜查票，簡單說，會把李昌和列為嫌疑犯就只基於王正邦的指控，是片面之詞，而李昌和本身有不在場證明，也沒有實質證據證明王珍芯生前確實是到李昌和家裡找他。」

張超一微笑。「我想我們可以進入第二個問題，王珍芯到底去了哪裡？」

少女下公車後的行蹤仍是一個謎，而這成謎的行蹤也決定了她的死因成謎。

即使她的屍塊已經找齊全，但部分屍塊毀損嚴重，法醫仍無法確定她的死因。

「這些屍塊有一個共同特徵，就是切口非常乾淨完整，基本可以確定是用專業的工具執行，將屍體從頸部、上臂、大腿骨部位切割，」李秀枝說明。「但是屍塊上面有些傷口很難判斷是人為或者被動物啃咬所導致……比如頭部的潰爛傷，可以看出狗的撕咬痕，不過不能完全排除可能本來就有致命傷口……」

說白了，屍體被破壞得如此嚴重，意味著真正死因也只有兇手知道了。

會刻意分屍且到處丟棄，是否也有隱瞞死因的意圖？張超一思忖著。

「為什麼兇手要分屍？」他決定提出來討論。「一般來說，兇手採用分屍的手段，主要有幾種可能性，第一，兇手希望隱瞞屍體的身分，如果沒有任何可以比對的證件或者生物性證據，那就只是單純的屍塊。」

比如美國九一一的恐怖攻擊事件，至今仍有身分不明的死者。

「這種情況下，兇手會低調處理這些屍塊，但就王珍芯這案例並不符合，兇手幾乎是希望警方能盡快查出這些屍塊都為王珍芯所有，其所作所為異常的戲劇化，相當高調。第二種情況，分屍是為了方便搬運處理屍體，可以讓兇手分批丟棄。然而這對王珍芯的案例也不符合，因為兇手在棄屍現場又放置了假人，這增加搬運困難，兇手並未考慮便利性。於是我們要考慮第三種可能，這個殺人兇手分屍是有意義的，這是必須進行的，這兇手透過分屍想要說什麼，如果這是兇手的儀式，那麼是向誰展示？對誰說話？說什麼？」他確定所有人都跟上他的思路後，接續道：「如果分屍是兇手必要的手段，這樣的展示也是必要的，為什麼會挑上這五個人？巧合、隨機或別有意圖？他們就是兇手想要說話的對象？」

彭子惠提出另一個意見。「這案子還有個問題，就是你講的放置假人，兇手沒有考量到便利性，冒著風險也要放假人，為什麼？那個必要性在哪裡？我們之前在討論人頭案的時候，你提過，為什麼會把人頭跟旁邊的假人當成一個整體，因為假人身上並沒有留下兇手的跡證，現在我們知道兇手這種做法的用意，如果只是單純的放一隻斷臂或一隻斷腳，我們未必會把這幾個個案當成同一個案子，我不認為這是儀式，而是希望警方能盡快地把兇手留下來的線索整合起來，連結成同一個案子，這就是為何必須放置假人。王珍芯被分屍是一個引子，真正目的是引導警方找到那五個人。他們不是隨機被挑選，他們之間和王珍芯一定有關聯。」

雷進點點頭，附和。「是的，我也想過這五個人會不會有前科，去查了一下，確實是有記錄，但當時他們都是少年犯……」

少年犯在服完刑期後，雖然不會留下前科紀錄，但在警方內部仍會有特別歸檔。

「這五個人在十五年前犯下一起重案，」雷進突然遲疑幾秒。「因為罪行過重，所以即使是少年犯，最後仍移交檢察官起訴，再由少年法庭審判……當年審判的法官正是王正邦。」

這時，張超一和彭子惠恍然大悟，隨即陷入冗長的思索，他們互換一個默契的眼神，似乎都想起了那個案例，在大學課堂上都學過，但因為當事人是少年犯，而以少年A和少女B作為代稱。

專案室內一片靜默。

彭子惠慨歎。「經過十五年，那些孩子都長大了……」

「那案子不只有孩子，」張超一提醒：「還有一個成年人。」

「這也是我在查舊案的時候，發現一個奇怪的地方，」雷進皺起眉頭。「那名成年人失蹤了……已經兩年不見蹤影。」

第二部　承

少女B是陳師傅這一生中所見過最美的女人。

她的眼眸清澈靈動，肌膚雪白透亮，五官秀麗，鼻子高挺，身材曲線玲瓏，長髮烏黑蓬鬆，一笑起來眉眼彎彎，甜如蜜。

然而她一開口說話，陳師傅隨即明白，人終究是不完美的。

少女B有輕微智力障礙，她說話緩慢，反應也慢，常常你無法判斷她有沒有聽懂你說的話。

她的雙手笨拙，老是犯錯，老是愧疚地說「對不起」，那幾乎成為她的口頭禪。

陳師傅看得出她很認真、很努力，可惜有心無力，別說創造力，她倒是有可怕的破壞力。

少女B是他收的第五個學生。

會答應回母校開設社團教學生，除了表面上想回饋鄉里的因素，主要還是遇到創作瓶頸難以突破。

從十五歲出師，他已經一頭栽進木雕工藝二十年，曾經一心追求商業模仿，賺不少錢，人到中年才想轉型，走上原創之路，開了不少個展還得獎，如今在藝壇也算有點地位。

但近來他的思緒堵塞，往往手拿著雕刻工具，蹲坐在重金購置的木頭旁邊發呆，抽了幾包菸也刻不出一朵花。

他料想不到自認創作力豐沛的自己，會在四十歲出頭碰到撞牆期，他想他需要轉換環境，於是帶著妻兒回故鄉開設工作室，至少看起來算衣錦榮歸。

和年輕的孩子們接觸相處，他感覺心態逐漸轉變，一張張青春面孔以及源源不絕的活力，讓他彷彿瞬間年輕了十歲。

他收的學生們都非常信任他、尊敬他，尤其在這偏鄉小鎮，他簡直像個大人物，他也覺得自己對這群孩子們有責任，希望能帶領他們走上正確的人生道路，發掘他們的才能，不要走歪。

少女B完全沒有才能。

他願意收她當學生，是因為校內其他社團都不願意接納她，在她身上縈繞著各種不好的流言蜚語，沒有老師想惹麻煩。

他同情她，想說就讓她跟著大家動動手，不要傷害到自己就好。

孰料，這竟埋下一顆悲劇的種子。

陳師傅很後悔，當年不應該心軟，沒那個肩膀，就不應該想出來扛責，他有什麼資格？

他也只是一個軟弱的男人。

她的慘死，他難以卸責。

1

《水果日報》2003年9月4日報導

少女慘遭虐殺

今日清晨，在彰化縣X大橋下橋墩發現一具少女裸屍。

發現者是一個遊民，因為野狗聚集而上前察看，赫然見到少女被綑綁在一張椅子上，雙手雙腳用尼龍繩緊緊綁住，嘴巴以毛巾塞著，貌似已死亡多時。

據初步了解，受害者的頭部遭重創，破裂，可能是被人用石頭砸死，是否遭到性侵，仍需待法醫進一步鑑定結果，目前屍體已經送往殯儀館，等候檢方前去相驗。

＊＊＊

《水果日報》2003年9月5日報導

X大橋下少女虐殺案 前科犯出面自首

昨日震驚全台、發生於彰化縣X大橋下的少女虐殺案件，出現新進展，一名朱姓前科犯在昨晚主動出面至警局自首。

根據本報獨家消息，這名前科犯表示除了他自己，另外還有五名共犯，目前警方仍在偵訊中。

被害的梁姓少女現年十五歲，今年六月剛從力圍國中畢業，其班導師接受採訪時，強調少女在校時未受到霸凌，人際關係一切正常，不清楚是誰對她下毒手。

梁姓少女的雙親均在工廠擔任作業員，兩個哥哥則在外地打工，其鄰居對少女被虐殺感到痛心，表示少女又乖又孝順，希望警方盡速抓到犯人。

由於屍體毀損嚴重，遇害後被棄屍兩天才發現，加上前晚下過一場雨，增加蒐證難度，警方坦承影響重建現場的進度，如今朱姓前科犯的自首，或將為破案帶來一絲曙光。

***

《水果日報》2003年9月6日報導

少女被虐殺竟只因「好玩」

發生在彰化縣X大橋下的梁姓少女虐殺案，警方已有驚人突破。

朱姓前科犯主動到警局自首後，同時供出五名共犯，全都是未成年少男少女，且同時是梁姓少女的同校學生，力圍國中對此不發表意見。

經過警方偵訊後，這五位青少年嫌犯已經全部坦承就是他們合謀誘拐梁姓少女到X大橋下，動機只因「好玩」、「沒想到會那麼嚴重」、「不是有意要打死她」……等說詞。

據法醫透露，梁姓少女生前曾被性侵，致命傷在頭部，身體同樣傷痕累累，幾位嫌犯輪流以石頭砸她，但其中一位用力過猛導致少女頭破血流，他們因害怕落荒而逃，少女因此流血過多致死。

目前因涉及未成年犯罪，這幾位嫌犯將交付少年調查官，由於罪行重大，是否有必要移送地檢署，仍在討論中。

2

專案室內多了一塊記事板，貼滿十五年前發生在彰化縣X大橋下的悲劇，一名十五歲少女梁永夏慘遭虐殺，而加害者正是五名和她同樣就讀力圍國中的學生，他們向警方坦承將梁姓少女誘騙至橋下後，將其綑綁施暴，接著輪流以石頭打她，不小心用力過重才砸死她，至於是誰丟出那顆致命的石頭，他們紛紛以「不記得」搪塞過去。

除此之外，還有一名成年人涉案，當年二十二歲的朱立龍，已經有吸毒和詐騙前科，他去警局自首有參與強暴梁姓少女，但未參與誘拐以及傷人致死的行為。因罪行重大，影響社會觀感，法務部開會後決定將案件移送地檢署，交給少年法院審理，當年負責審理的法官正是王正邦法官。

「根據判決書記載，那三名涉案少年均以妨礙自由罪、強制性交罪以及傷害致死罪起訴，因顧念他們年輕、沒有前科、初犯，且深有悔意，最後合併判刑五年四個月刑期，而兩名涉案少女則以妨礙自由罪以及傷害致死罪起訴，同樣念及她們年輕、沒有前科、初犯，且深有悔意，最後合併判刑三年五個月刑期，而唯一的成年犯朱立龍則以強制性交罪起訴，當年還未修法，他雖是成年犯參與青少年犯罪仍交付少年法庭審理，即便他有多項前科，但斟酌其主動自首，協助警方辦案，供出其他共犯及詳細案情，最後判刑兩年一個月。」彭子惠一邊念著自己的筆記，露出不以為然的表情。「這案子最荒謬的地方，就是唯一的成年犯，在還有前科的情況下，卻是六個人當中判刑最輕的。」

按理來說，沒有人相信朱立龍僅止於強暴梁姓少女，而未涉及其他罪行，但在沒有其他佐證，且五名未成年嫌犯的口供一致，均承認朱立龍沒有誘拐也沒有出手傷害梁姓少女，最糟糕的是，一場雨幾乎消滅現場的跡證，若無朱立龍出面自首，恐怕得花上更多時間才能鎖定嫌犯。

「我們可以推想，朱立龍可能要脅了五名未成年嫌犯，要他們承擔所有罪名，而他只涉及強制性交且能以自首來減輕罪刑，那五名嫌犯不知為何也答應了，導致最後朱立龍的刑期最輕。」彭子惠聳聳肩。「當然這些都是揣測，俗稱腦補，沒有實質證據支持。」

「如果因為嫌犯們互相套招，而讓真正的主嫌逃脫重罪，那名梁姓少女實在死得太無辜。」李秀枝心有不甘地說，彷彿希望能替她討回公道。

雷進雙臂環胸，附和道：「這案子聽起來朱立龍才是真主嫌，如果他真有辦法能讓五個未成年犯都乖乖聽他的話，問題是如何證明？」

「可惜沒證據，想起訴都無從下手。」張超一做出了和十五年前承辦檢察官同樣的結論。

室內一片靜寂，四個人像是不自覺為十五年前死去的青春生命默哀。

世人總是寄望法庭能給予公平正義，可實際上，太多罪嫌藉著法律漏洞逃過一劫，這是身為執法者不得不承認的現實。

「現在我們要關注的是，十五年前發生在梁姓少女身上的案件和如今發生在王珍芯身上的案件，究竟有何聯繫？」彭子惠打破沉默，直率的說。

「我們有兩具屍體，」張超一的話讓其他人的目光放置在兩大塊記事板上。「一具屍體是十五年前發生在彰化縣X大橋下，十五歲的梁永夏被虐殺致死，另一具屍體是發生在十天前，同樣十五歲，王正邦法官的女兒王珍芯離家後音訊全無，隔天她的人頭被棄置在台北市S大橋下，身體其他部分被分屍，丟棄在不同地點，而那些屍塊的五位發現者，剛好就是十五年前虐殺梁永夏的五名未成年罪犯。」

「王正邦法官也是當年法院負責審判梁永夏案件的法官。」雷進補充道。

「這兩個案子一定有關聯，」彭子惠皺眉頭，視線在兩塊記事本上來回巡邏。「問題還是在這名兇手的訴求是什麼，我實在看不出來。如果是認為王法官的判決不公正，拿他的女兒報復？可是王珍芯是無辜的，而且那五名犯案者在當年也都伏法，被判刑，入監服刑完畢，難道是覺得判決的刑期太輕？為什麼在十五年後才動手？想伸冤為何等那麼久？這案子在之前，並沒有人提出異議，是誰能累積如此深的怨恨，非要替梁姓少女討公道？這位未知的某人，在十五年前梁姓少女的案件裡扮演什麼角色，必須隱忍沉默十五年？會是梁姓少女的親人嗎？」

雷進聽至此，搖頭。

「我仔細調查過，梁永夏的身世淒涼，她的父母親都在工廠工作，兩個哥哥很早都離家，她有輕微智能障礙，反應遲緩，她的父母親在她小時候就帶去各種神壇找師父幫她作法，治療她，希望能讓她變得正常一點……」他頓了頓，用沉重的口氣說：「結果如何你們可以想像，那些神棍把她當性奴，梁永夏長得很漂亮，她在學校被排擠，沒朋友，還曾經有被學長拖去廁所性侵的傳言，她被害死了，她的父母親只關心可以拿多少賠償金，五個未成年犯的父母親一起湊了大筆錢跟他們和解，法官會輕判，主要也是她的父母根本不在乎她的死活，總之，一個命苦的孩子。」

梁永夏美麗的外貌，對她的人生反倒成為不幸的根源。每個人都想從她身上掠奪、強佔、玷汙她的美好純真，因為她不懂保護自己。

「那是表面上，」張超一輕聲說：「實際上有人在乎她。」

「一個等了十五年才出面幫她報仇的某人？正義之士？」彭子惠不以為然，苦笑。「有什麼用？」

「不一定是報仇，」張超一盯著記事板上王珍芯被拼湊起來的屍體。「也許這個某人有別的話想說？」

「想說什麼？」

「當年的真相。」

「不是還有另一個人？」李秀枝提出疑惑。「你們說過十五年前的案子裡有唯一一個成年犯，那個人呢？為什麼你們都忽略他？」

「朱立龍在兩年前失蹤了，」雷進回覆，「沒有人知道他的下落。」

「這件分屍案跟朱立龍的失蹤有關嗎？他人在哪裡？有仇家嗎？該不會已

經……」彭子惠揣測著。「還有一點也很奇怪，為什麼王正邦一直強調是補習班老師李昌和殺了他女兒？難道他手上有證據？現在扯出十五年前他判過的案子，不知道他是不是仍堅持兇手是李昌和？」

雷進嘆息。「東西實在太多太雜，不是沒有線索，而是一團糾結的線，好像都有關係，又不知道有什麼關係。」

「這正是我們的責任，去釐清這些線索，找出頭緒。」張超一沉穩的說：「根據心理學的研究，人類有一種組織事物的本能，會依循一些規則，理出背景和焦點，現在我們最重要的任務就是找出焦點，確認因果關係，找出因的所在處，不能被繁雜的背景干擾。」

彭子惠贊同的點頭。「沒錯，我想兇手故意扯出十五年的案件，也許其中一個目的就是為了混亂警方的搜索調查方向，但我們必須聚焦在王珍芯的屍體，是誰殺了她？找出這個兇手，案情的因果關係自然水落石出。」

四個人討論好各自的工作任務，並訂下下次的開會時間，結束第一次的簡報會議。

彭子惠得跟主任檢察官進行匯報，主任負責對外，面對媒體。

張超一告知彭子惠，他要去一趟彰化。

「為什麼？」

「那裡是事件的起點。」

「有必要嗎？」她質疑。「已經過了十五年，現場還能留下什麼線索？當年的調查資料早就歸檔結案了。」

「問題是，對現在這名犯案兇手並沒有結束，肯定還覺得留下了什麼……」

彭子惠深知根本勸不動張超一，所有地檢署同仁都知道他那種「不入虎穴，焉得虎子」的「冒險精神」，簡直像是一種自虐特徵。

不過彭子惠也覺得這案子疑點重重，她仔細看過警方幫那五名相關證人所做筆錄，裡頭一堆破綻，甚至有人明顯在撒謊。

她有種直覺，那五個人一定隱瞞了什麼？

3

彭子惠認為蒐證是警方的工作，而檢察官就是負責整理及匯集各方訊息，檢視嫌犯及相關證人的口供筆錄，驗傷或屍檢紀錄以及鑑識人員提供的證據，去分析因果關係，以最理性的思維去思考其中的事件發展邏輯，是否有互相矛盾之處，做出結論後，以最適切的法條提出公訴。

檢察官的職責不是當大偵探福爾摩斯，破懸案、找真相是警方努力的方向，確認是否有罪、要判多少刑期則是法官的工作，檢察官更像是一個中介角色，在司法系統中擔任一座聯繫的橋樑，她始終這麼看待自己的職務。

這次王珍芯的案件，彭子惠檢視五名屍塊發現者所做的筆錄，確實有多處疑點以及兜不攏的矛盾點，她決定傳喚他們到地檢署回答問題。

第一個被傳喚的證人是吳大樹，男性，現年三十歲，長得又黑又瘦，五官深邃立體，前科累累。

吳大樹一進到偵訊室，不用囑咐，大剌剌地坐到彭子惠面前，蹺腳，看起來漫不經心，貌似已經很習慣被訊問。

不管彭子惠問他什麼問題，他一概以「我不知道」、「忘記了」敷衍過去，直到聽她提起「王正邦法官」和「梁永夏」這兩個人，他微微皺眉頭，但仍以「不記得」搪塞。

問他和當年那四名青少年時期朋友的關係，現在是否仍有聯絡，他啐道：

「早就沒來往……」

進一步問他還記不記得當年為何要殺梁永夏、他們之間有無私人恩怨、為何要傷害一名無辜少女？

他鄙夷的撇嘴。「那婊子誰都能上她！」

那又何必殺她？

男人動怒了。

「奇怪，這案子不是早就了結，我已經被判刑、坐過牢，幹嘛一直問？檢察官，我今天會過來，坐在這裡，是要告訴妳後車廂那隻斷手跟我沒關係，不知道是誰偷放進去，我什麼都不知道，我才想知道警察有沒有查出來到底是誰把人手放到我車子裡？檢察官，妳不給我答案，反而一直問舊案，難道妳有新證據想翻案？」

彭子惠直視男人的雙眼。

「我不能透露細節，但梁永夏的案子確實有疑點，你也知道現在的鑑識工具和技術比十五年前進步太多，所以以前檢驗不到的東西，現在有可能變成新線索。」

男人的眼神閃爍不定。

「妳查出什麼？」他小聲試探。

「梁永夏真的是你們五個人不小心誤殺的嗎？還是真兇另有其人？」她微笑

反問，對方閃避她的目光，右手不自覺抽動。

他強硬地哼了聲。

「都過去那麼久了，反正大家都有丟石頭，誰打死她的只有老天知道。」

彭子惠沒針對這點窮追猛問，她想他不可能說更多了。

「最後一個問題，你還有和朱立龍聯絡過嗎？上一次見面是什麼時候？」

吳大樹翻白眼，一臉厭惡的表情。

「我管他去死。」他冷冷地說。

＊＊＊

闕雨桐長得很漂亮，是個豔光四射的大美人。

她有種目中無人的姿態，不知是天生或後天養成，穿著昂貴的衣服和鞋子，妝容完美無瑕，留著黑長直的美麗秀髮足以拍攝洗髮精廣告。

她的職業是網美，擁有眾多粉絲，至少彭子惠親自見到她本人可以擔保在外表這部分，闕雨桐沒有詐欺行為，甚至比網路上的照片或影像更自然秀麗。

然而其他部分就問題多多。

她向警方錄的口供只能用「亂七八糟」四個字來形容。證詞前後矛盾，邏輯狗屁不通，一下子說記得那個人的臉，一下子又說忘記了，要她詳細描述嫌犯的面孔，她又顧左右而言他，刻意迴避。

總之她強調自己被下藥，所以什麼都不記得。

唯一能確定的是事件經過，她在九月四日晚間去夜店碰上那個人，接著被下藥昏迷，醒來後被關在一間農舍裡，裡頭還有一隻人手，估計被關了四到五個小時左右，在九月五日早晨八點多，才被農舍主人發現。

「如果妳什麼都不記得，怎麼確定那個男人是陌生人？」彭子惠密切觀察關雨桐臉上的表情。

警方調查過，關雨桐是那間夜店常客，跟酒保都很熟，反倒是那個和她搭訕的男人是個生面孔，沒人注意他。

關雨桐不慌不忙，很篤定的說：「如果是我認識的男人，我不可能喝下他遞給我的飲料。」

而這正是彭子惠最無法理解的邏輯。

「妳不喝認識的男人遞給妳的飲料，怕加料，可是卻敢喝一個陌生男人遞給妳的飲料……妳不是更應該防範陌生人？」

「不，我的意思是，不管是認識的男人或陌生男人，我都不可能在夜店喝下他們遞給我的飲料，我只喝酒保遞給我的。」

彭子惠雙手一攤，表示她還是不明白她的想法，很明顯，那個男人不是酒保。

闕雨桐輕嘆口氣。

「好吧，我可以跟妳坦白，我是有點喜歡那個男人，平常我會很小心，但那晚……我已經忘記跟他聊了什麼，但是他給我的感覺有點像我以前喜歡過的一個男孩子……」

男孩子？彭子惠很難想像這位被眾多粉絲捧為網路女神的大美人也有這麼「浪漫」的心思，算少女情懷？

她凝望著闕雨桐臉上露出靦腆的表情，不太自在的擺弄雙手，不得不揣測這位高傲美人曾經有過一段暗戀往事。

她不知道應該信她幾分。

「所以，那個男人像妳以前認識的男孩子……可以描述一下那個男孩子的模樣嗎？」

關雨桐彷彿陷入一陣恍惚，有點漠然地回應：「太久了，我已經想不太起來……」

又在自相矛盾，「難以忘懷的暗戀」和「太久想不太起來」可以同時連繫、同時發生？她到底是記得還是不記得那個男孩子？如果不記得，為什麼那個男人又讓她聯想起當年的男孩子？

然而這種漏洞百出的證詞並不罕見，彭子惠碰過很多次這種所謂「不可靠的證人」，也難怪在法庭上，證詞不能做為唯一定罪的證據，因為人的記憶會說謊。

她轉換話題。

「談一談十五年前的案子，妳還記得多少？」

關雨桐的背往後靠，左手手指有意無意地捲著長髮髮梢。

她流暢地說出當年的案件發生經過，坦白承認自己年少無知，不懂事，才會跟著一起起鬨。

彭子惠問她對梁永夏有何印象？討厭她嗎？

關雨桐搖頭，她覺得她很可憐。

既然覺得梁永夏很可憐，為何還殺她？

「年輕不就這樣？」她笑了笑。「就是會做一些不經大腦的蠢事……」

「妳後悔嗎？」

「後悔，」她不加思索地回道：「我錯了。」

簡直就像在背一部戲的台詞，一字一句都烙印在她的腦子裡，駕輕就熟。

「妳覺得在夜店對妳下藥的男人，會不會跟十五年前的案子有關？」

這一個提問，瞬間擊中關雨桐的某個敏感點，她的臉色驟變，像刷上一層白漆，彭子惠沒想到她武裝好的盔甲，在那短短幾秒被徹底卸除。

她好像是想起某件事。

彭子惠忍不住試探。「妳想到什麼？」

「沒有，」關雨桐反射性地回答：「什麼都沒有。檢察官，我已經把我知道的每件事都告訴妳，我可以走了嗎？」她的口氣急促，又穿回了她的盔甲。

彭子惠無法逼迫她，只好問她最後的問題。

「妳後來還有跟當年那四個朋友聯絡過嗎？最近有見過朱立龍嗎？」

她撇過臉，彷彿那是極度不堪回首的往事。「我根本不想見到他們當中任何一個人，永遠都不想。」

＊＊＊

林裕文的精神好多了。

他的身材高大，像隻壯碩的黑熊，很難想像他在眾目睽睽之下昏倒，也難怪引起梅達護理之家的同仁們關切。

彭子惠事前已經看過醫院方面提供的醫療檢查報告，他的身體一切正常，健康無恙，會暈倒應該是心因性症狀所引發。

意即他是受到某種重大的衝擊或刺激，瞬間承受巨大壓力，因過度震驚而導致精神崩潰……那麼這個刺激到底是什麼？

林裕文現在看起來很平靜，神色鎮定，之前錄製警方的口供時，回答問題也是有條有理，似乎不太像是剛受過重大打擊的狀態，這也是彭子惠覺得匪夷所思的一點。

表面上他根本不受影響，但明明他才剛因受到刺激而昏厥，怎麼能恢復得如此快，還一副若無其事的模樣？

彭子惠特別調出他過去的病歷檢視，發現他有一陣子頻繁出入醫院的身心科，直到兩年前到梅達護理之家任職，精神狀況才穩定下來。

他的身心科主治醫生認為他出現一種面對焦慮時的防衛機制狀態，會隔離部分的記憶，沒有任何情緒波動，彷彿那些事是發生在其他人身上，他只是一個旁觀者或轉述者，與他無關。

這是一種心理層面的自衛手段。

而那段他隔離開的記憶就是十五年前他和其他同伴集體虐殺梁永夏的往事。

對於彭子惠的訊問，林裕文面無表情地回覆，像在背書，每一字一句都按照指令行動的機器人，反射性地說著重複的話。

他很意外會在工作場所看到那隻人腳，因為精神不濟且沒睡飽才會昏倒，沒有別的心理問題。

他沒有聯想到十五年前的案件，也不記得王正邦法官，他很少看新聞，不知道王法官的女兒遇害，他跟其他四名當年的共犯都沒有聯繫，也沒再見過朱立龍。

全是標準答案。

彭子惠不喜歡揭人瘡疤，但這份工作逼她不得不做，為了挖掘真相，她不能抱持同情，一旦心有定見，就不可能客觀。

「你還記不記得梁永夏長什麼樣子？」

他漠然地搖頭，她繼續逼問。

「她是長頭髮或是短頭髮？長得高或矮？皮膚白或黑？單眼皮或雙眼皮？瘦或胖？」

「為什麼要問我她的長相？那已經是十五年前的案子……」

「因為這次遇害的少女也是十五歲，跟梁永夏當年被害死的年紀一樣，警方懷疑也許她長得和十五年前的梁永夏在外貌上有相似之處……」她頓了頓，身子微往前傾，輕聲問：「她們像嗎？」

「我不知道那隻腳的主人……那個女孩子長什麼樣子？」

「她長這樣。」

彭子惠突然拿出幾張照片，攤在桌子上，那是王珍芯的六大屍塊找齊後，拼湊完整躺在法醫解剖台上所照下來的模樣。

林裕文瞥了一眼，雙目瞠大，隨即撇開眼睛，顫巍巍地起身，走到一旁角落，對著垃圾桶嘔吐。

「你還好嗎？要不要休息一下？」她輕聲問。

男人熊般厚實的身影在此時此刻，微微顫抖，竟顯得脆弱無比。

彭子惠嚥口口水，她聽到哭聲，男人在啜泣。

「對不起、對不起……」他喃語著，彭子惠要很仔細才能聽見那模糊的詞彙。

「你對不起誰？」她起身朝他走過去，才靠近他，他卻猛然轉身面對她，惡狠狠地瞪視著她，打她一巴掌。

那力道大到讓她的耳朵嗡嗡作響。

「臭婊子！」他怒罵，接著又打她一巴掌。

＊＊＊

由於昨天彭子惠在偵訊一名相關證人時發生被襲擊事件，地檢署不敢輕忽，又加派一名警衛站在偵訊室內戒備，彭子惠倒是覺得大驚小怪，雖然臉頰仍紅腫，她其實比較怪自己太忽略林裕文的心理變化，應該早有防範才對。

制服警衛站在偵訊室內會製造緊張氣氛，讓證人感覺自己被當成嫌疑犯，這並非彭子惠的本意，她更希望對方能放輕鬆，敞開心房和她對談。

果不其然，莊敬萱一走進來，望見警衛在旁邊，旋即緊張的東張西望，左顧右盼，直覺的搜尋監視器的位置。

她的身材微胖，才三十歲已經有種中年老態，臉上的妝很濃，噴的香水也刺鼻，身上穿的印花裙套裝不僅沒遮掩身材，反而更顯浮腫。

她渾身散發出一種自暴自棄感，彭子惠希望她能多透露一點事實真相，她卻緊繃著臉，採取抵抗姿態，讓人捉摸不定。

「那天早上妳在店裡看到那隻腳，為什麼覺得被恐嚇？妳不報警的理由是什麼？有什麼難言之隱？」

這些問題警方之前已經都問過，彭子惠只是想再次確認。

「因為我開店，難免會碰上……流氓，我以為又是他們用來嚇人的手段，我只想低調處理。」

她的說法和當時警方幫她做的筆錄一模一樣，而這正是彭子惠發現的疑點。

「莊女士，妳害怕什麼？」她直截了當的問。

對方愣住。「什麼？」

「妳說妳想低調處理，但妳又說有流氓騷擾妳恐嚇妳，妳為什麼覺得低調處理會比較好？」彭子惠再問一遍。「妳害怕什麼？妳以前有不好的經驗嗎？」

「我要保護我的女兒！」莊敬萱衝口而出。

「誰會傷害她呢？流氓嗎？」

莊敬萱沉默不語，臉上表情微妙，像在隱忍著什麼。

彭子惠傾身，朝她更靠近一些。「妳還記得梁永夏的案子嗎？」

莊敬萱迅速看她一眼，不耐煩的說：「夠了沒？檢察官，為什麼你們老是要問那件案子，糾纏不休？我已經付出代價，我努力的想回歸正常生活，還不夠嗎？我真的很累，我已經盡我所能，為什麼就不能放過我？」

彭子惠讓她發洩完情緒，謹慎地問：「那隻放在妳店裡的左腳的主人叫王珍芯，是王正邦法官的女兒，妳還記得王法官嗎？」

莊敬萱嘆口氣。「記得又怎樣？他女兒的死活與我無關。」

「十五年前朱立龍是妳的男朋友？」彭子惠突然轉移話題。

「對。」她倒是很坦白。

「發生那件案子以後，妳跟他分手了嗎？還是繼續交往？」

「那是我的私事。」

「朱立龍在兩年前失蹤了，妳知道他的下落嗎？」

莊敬萱露出一臉驚訝的表情，不太像演戲，彭子惠再度試探的問：「妳最後一次見到他是什麼時候？」

「大概五年前……」她搪塞道。

「所以妳認為他現在人在哪裡？」

「不知道，」她迅速回應。「我當他死了，是個死人。」

「妳的孩子的爸爸是誰？是朱立龍嗎？」

莊敬萱愕然以對，連否認都來不及，彭子惠已經猜出她在害怕什麼。

「十五年前是不是他脅迫妳？是不是他威脅你們五個人去誘拐梁永夏、傷害她並殺害她，然後把所有過錯都推到你們身上？」

莊敬萱呆了幾秒，大笑。

「不！不是！妳錯了，妳什麼都不懂！是我！是我帶她過去！是我要他強暴她！」她激動的說。

「為什麼？」

「那女的是賤貨！髒得要死！學校裡每個男的都上過她，有什麼大不了！」

「為什麼要殺死她？」

「是意外，誰知道她那麼不耐打！」她毫不愧疚地說。

「妳還有見過其他人嗎？」

「沒有，」她冷笑。「他們應該都不想見到我。」

奇怪，彭子惠以為莊敬萱害怕的是朱立龍，怕他會出現糾纏她和她的孩子，然而她表現出來的態度彷彿她才是主導者，梁永夏的案子已經過去十五年，她沒必要繼續扯謊，或者有其他她必須繼續隱瞞的事？

彭子惠為了重整案件，花不少心思重新整理十五年前的梁案，得知莊敬萱和朱立龍曾經是男女朋友，也是藉由莊敬萱，朱立龍才認識其他四名犯案的青少年，以及受害者梁永夏。

莊敬萱當年或許像是團體裡的女王蜂？

＊＊＊

鄭喜來非常保護自己，是他們五名相關證人裡唯一一個要求帶律師陪同到地檢署。

彭子惠詳細調查過，他進入少年監獄後表現良好，在獄中上進苦讀並且以同等學歷考上大學，之後更以優秀成績畢業，服役完考上一間外商銀行任職，在職場工作順利，和女友交往一年多正準備結婚。

他的人生步入正軌，斷絕過去的一切，表面上看起來就是個人生勝利組，彷彿過去毫無影響。

事實上對於他十五年前為何會涉入梁永夏的命案始終讓他的師長和家人難以理解，他是個好學生，讀前段班，功課表現優異，前程似錦，相較之下其他四名犯案青少年則被分到後段班，屬於被放棄的那一群，按理來說雙方應該不會有交集。

鄭喜來身穿一襲深色西裝，皮鞋擦亮，領帶打好，簡直像要去上班，他的外貌斯文，戴一副黑框眼鏡，就是給人感覺過於正經八百，反倒一起過來的女律師穿著休閒，姿態輕鬆。

彭子惠強調這次偵訊是希望相關證人能補足案件部分疑點，要他放鬆，但他仍不掉以輕心，身體每塊肌肉似乎都處於戒備狀態，鏡片後方的眼睛緊盯著她。

「做筆錄的時候我已經說得很清楚，我沒什麼可以補充的。」

關於他下班後，回家發現屋內有屍塊，旋即打電話通知律師並報警，等警察過來，他完全沒碰過一樣證物。

由於他租賃的住所屬於飯店式管理大樓，業者應警方要求如實提供住戶資料，在鄭喜來屋內發現屍塊當晚，共有一百九十七名房客入住，有超過一半屬於短期住戶，意即一星期內的租約，其他屬於長期住戶，像鄭喜來就是長期住戶之一。每間樓層的走廊和公共區域都設有監視器，每天早上十點到下午兩點則是清潔人員的工作時間，陳姓清潔婦確認她早上十一點多左右進過鄭喜來屋內整理，沒發現異狀。

大樓管理員證實在那天下午曾經發生過幾層樓出現十五到二十分鐘的異常故障，監視器受不明干擾無法作用，電梯也受影響停用，其中包括鄭喜來所住的那一層樓，警方研判很有可能兇嫌就是趁那段時間闖進他屋內放置屍塊。

鄭喜來表示他最近並沒有感覺被跟蹤或者有人試圖威脅他，沒有收過任何恐嚇訊息，也想不出得罪什麼人，完全無法理解會是誰做出這種事。

「那名受害者叫王珍芯，是王正邦法官的女兒，你還記得王法官嗎？」

鄭喜來搖頭。「沒印象。」

「他是十五年前梁永夏虐殺案負責審判的法官。」

「喔。」他面無表情。

「那案子你還記得多少？」

「不記得了。」

「我懂，」彭子惠理解似的頷首，「這些年你很拚，認真讀書、工作，想把過去都抹殺掉，一筆勾銷……你一定很意外『過去』又回來找你。」

鄭喜來漠然以對。

「檢察官，我想我的過去應該不是今天的重點，我現在是受害者，我的屋內被不明人士放置屍塊，我來這裡是希望你們告訴我是誰做的？為什麼這麼做？你們有答案嗎？你們查出來了嗎？有任何線索嗎？」

「你確定你的過去不是重點？」她逼問他。「你確定兩件案子沒有關係？你真的認為十五年前審判你的法官，在十五年後，他的女兒被殺害、被分屍，而其中一部分的屍塊被放在你家裡，這案子跟你沒有關係？」她頓了頓，一字一句清晰的說：「鄭喜來，你是聰明人，你不可能沒發現，兇手一定跟你有某種關聯，那個人不是無緣無故闖進你家，不是隨便挑上你，那個人仔細觀察你、清楚你住哪裡、知道你的作息、耗費心機設置這一切，為什麼？十五年前到底發生什麼事？除了你跟其他五人，還有誰牽涉其中？」

律師不得不打斷她。

「檢察官，我想妳離題了，請就事論事，我的委託人是配合妳辦案，是證人，不是被審問的嫌犯。」

「沒關係，我可以回答。」鄭喜來倒是坦然。「檢察官，妳搞錯了，當年就只有我們虐殺梁永夏，沒有其他人。」

「你能想到會是誰把王珍芯的屍塊放到你家裡？」

「我只知道那個人想破壞我的人生，」他語帶疲憊地說：「把我的人生拖到底層，萬劫不復，想看我倒楣、看我不幸、想毀了我，永遠不可能放過我。」

「誰會這麼針對你？」

他沉默不語。

她只好轉移話題。

「當年你為什麼要加入他們去傷害梁永夏？你的師長和同學們都說你平常不會跟他們來往，為什麼那天……」

「不知道，」他的眼神空洞，自嘲的揚了下嘴角。「如果有人生重來，我不會選擇那條路，可現實是人生不會重來，我選錯了路，我必須付出代價彌補這個錯，用一輩子的時間記著，就這樣。」

「所以是誰把你扯進去？是莊敬萱嗎？」

不論彭子惠說出哪個人名，鄭喜來始終保持緘默。

她挑挑眉頭，暫時妥協。

「好吧，只要再回答我最後一個問題，你知道朱立龍的下落嗎？他失蹤兩年了。」

「失蹤？」

「對，像人間蒸發，沒人知道他在哪裡，你有見過他嗎？」

鄭喜來陷入冗長的思索，這像是出乎他意料的發展，接著他篤定地回道：

「是他，一定是朱立龍，是他殺了王法官的女兒，他把她分屍，把我跟其他人都拖下水，就是他想毀了我們。」

4

張超一走到X大橋下方橋墩，15年前的9月2日梁永夏在此被虐殺，過了兩天才被一名遊民發現屍體。

雖然都發生在橋下，但這裡的環境和王珍芯無頭命案的發現地點S大橋大相逕庭，S大橋連結兩座大城，平時車水馬龍，人聲鼎沸，相當熱鬧，然而此處群山環抱，溪水潺潺，離鎮上還有段距離，是個靜謐的地方，只有在週末假日時會有觀光客來訪，平時人煙稀少。

張超一這天抵達時，在橋下遇到一名長者，他在溪邊闢了塊地種菜，他說這附近晚上根本沒人，尤其發生過命案，連本地人都很少下來溪邊遊蕩，在夏天，外地來的觀光客偶爾才會下來玩水。

此名長者頭髮已經全禿，牙齒幾乎掉光，皮膚黝黑，身體看起來頗健朗，精神奕奕，對張超一的詢問是知無不言，毫不避諱。

當年發生命案時，他剛好從教職退休，但不是力圍國中，他是小學教師，也認識那幾名學生，包括加害者和受害者，在這座小鎮上，幾乎所有孩子都讀同一所小學，接著讀同一所中學，大家都是從小一起長大，彼此熟識。

「那孩子很命苦，」長者回想起梁永夏的經歷，慨嘆道：「長得很水，可惜腦袋不靈光，就是給人欺負的命。」

他沒真正教過梁永夏，但在學校裡聽過不少她的傳聞，有次還聽到她在廁所裡生小孩，那年她才剛滿十二歲。

太慘了，長者頻頻搖頭，她的家人不僅沒保護她，根本就是讓她去賣，她傻傻的，不懂反抗，不知道要保護自己。

「我記得有個老師看不下去，跟社會局舉報，結果她的爸爸媽媽到學校裡大鬧，校長不想惹事，那個老師就被調走了，後來社會局有派人來查，問那個女孩子，她傻愣愣的，連話都講不清楚，就不了了之。」

梁永夏在學校裡的處境一直很糟，去讀國中後的情況長者也略有所聞，聽說她還是被排擠得很厲害，那個年紀的孩子都在青春期，她又發育得亭亭玉立，真的很漂亮。只能說人的皮相，越好看的越需要夠強的命格才鎮得住，長者如此下結論。

張超一向長者告別，之後他騎腳踏車離開X大橋，轉往鎮上，大約需十分鐘路程。

根據現有資料，力園鎮總人口數約一萬出頭，這座小鎮的人口外流嚴重，現今主要以鎮上的一條老街發展觀光業，過去則以木雕工藝聞名，現在也沒落了，大部分孩子在中學畢業後只能離鄉到別的城市求發展，留下來的能找的工作很有限，甚至淪為地痞流氓。

張超一今早開車過來，將車子停在公共停車場後，旋即租了一輛腳踏車在鎮上四處晃，主要尋找當年那五名未成年罪犯以及受害者梁永夏的住家。

然而如今只剩闞雨桐的母親還住在這裡，她在老街上開了一間老牌牛肉麵店，其他人都搬走了，即便人事已非，各種流言蜚語仍不斷。

張超一特地去她的店裡吃中飯，點了碗牛肉麵大快朵頤，關母待客親切，性格開朗，牛肉大塊，湯頭佳，料好實在，客人源源不絕。

她大方地聊起女兒，說女兒是個有名的網路紅人，粉絲多，賺錢也賺很多，住在台北的高級大廈，每個月都會固定匯錢回家，很孝順……

得知張超一是檢察官，來查案，她還帶他去看關雨桐的房間。

丈夫早逝，母女倆相依為命，她們一直就住在麵店的二樓，她仍保留女兒的房間，從十五年前就沒動過，而她女兒已經很久沒回來。

關雨桐的房間仍維持少女時期的風貌，衣櫃裡還有一套國中制服，她有寫日記的習慣，而當年她的日記也被檢察官視為證物之一，裡面記下了在梁永夏遇害前一晚，關雨桐和其他人約好要拐她去橋下，「教訓她」。

張超一吃完中飯，離開麵店，騎車去力圍國中，他想請校方幫忙調出梁永夏畢業那一屆的畢業紀念冊。

校方一開始拒絕，張超一不得不出示身分證件，這下那些公務員更恐慌了，不知道一名檢察官為何要重新調查舊案？

但畢竟是發生於十五年前的往事，過那麼久還留在學校裡的老師或行政人員寥寥可數，最後是一名屆齡退休的女老師來接待他，將梁永夏畢業那一屆的紀念冊帶到會客室，攤開放在桌上讓他查看，並且回答他的問題。

張超一很快翻到梁永夏畢業的那一班，找到她以及吳大樹、闕雨桐、林裕文以及莊敬萱的名字和照片，唯獨鄭喜來是不同班級。

根據警方調查，莊敬萱當時是班上的大姊頭，而闕雨桐是她的閨蜜，她們喜歡霸凌欺負其他學生，偶爾吳大樹和林裕文會加入她們，警方的調查結論是，梁永夏那次是他們玩過頭了。

朱立龍是當時莊敬萱的男朋友，鄭喜來讀不同班，學業成績優異，和他們不同夥，從其他學生口中得知，鄭喜來也是被那群人霸凌的對象之一，或許在案發當下是被拖下水，不得而知，鄭喜來本人沒有辯解，只認錯認罪，而從梁永夏屍體陰部採樣的精子鑑識結果得知，吳大樹、林裕文、鄭喜來和朱立龍都有參與強暴她。

張超一凝望著梁永夏的大頭照，相貌清麗，眼睛水靈，但她和其他人的合照裡，看起來都特別拘謹彆扭，舉止畏縮，手足無措，總是被排擠到角落，孤伶伶的。

「梁永夏在班上有朋友嗎？」

「我不清楚，我只是教英文課，一星期四堂課，」女老師以公式化的口吻回應：「那種班級很亂，沒人想認真上課學東西，就是混日子，等畢業，離開這裡去外面闖天下。」她語帶譏諷地說。

「梁永夏是不是被霸凌？」

「那種孩子，」她嘆氣，語重心長地再強調一遍：「那種有問題的孩子，就應該送去特殊學校，我要說她會出事最大責任在她父母親身上，教育不是把小孩丟給學校管就沒事了，那個孩子真可憐。」她搖頭，用悲憐的目光凝望著照片裡的梁永夏，她看起來如此清純無辜。

這時張超一注意到一張大合照，那是唯一一張梁永夏姿態正常自然的照片，照片中共有十多名穿力圍國中制服的學生，男女都有，他們站在中庭，個個神采飛揚，旁邊擺放著木雕工藝作品，最中間站了一名中年男子，個子不高，面色和藹慈善。

梁永夏在前排半蹲著，側著頭，望向最左邊的角落，那裡站著一名面無表情的少年，少年也看向她，有意無意的。

張超一仔細觀察少年的臉，五官神韻似曾相識。

「這是誰？」他指著少年問女老師。

老師瞇起眼，瞅著那張照片好一會，忽而恍然大悟。

「是王顯耀，他跟鄭喜來同班，功課也很好，他外公是鎮上有名的牙醫，家裡很有錢，他媽媽是獨生女，後來嫁給外地人，他是升國三那年才突然轉學到我們學校，各方面表現都很傑出……」

張超一不得不打斷她的話，直接問重點：「他跟梁永夏不同班，為什麼會出現在同一張合照裡？」

「可能是社團活動的照片，我們學校有規定，每個學生都至少要參加一個社團，畢業需要社團成績。」

「梁永夏參加什麼社團？」

「我看看……」老師專注地看那張大合照，似乎努力地從腦袋裡找出名字，驀地她低聲叫道：「這是陳尚川老師，他可是很有成就的木雕師傅，是我們鎮上的名人！」

木雕師傅……這猛然敲響張超一內心的警鐘，他感到事情正朝著某種難以預期的方向發展，他必須跟隨那股預感。

「這位木雕師傅還住在鎮上嗎？我想見見他。」

女老師露出遺憾的表情。「陳師傅兩年前就去世了，鎮上有一座他的紀念館，如果你有興趣可以去看一看。」

＊＊＊

陳尚川紀念館位於力圍鎮的東北方一個濱海角落，那裡風很大，只有零星幾戶人家，公車一天才有早晚兩班車，位址相當偏僻。

紀念館占地遼闊，還有座園子，圍牆高度差不多和張超一的身高相符，兩扇大門是以樟木雕刻成龍鳳造型，緊鎖著，只能透過門縫隙往裡頭瞧。

園子草木扶疏，整理得條條有理，草皮上放置著大型的木雕作品，井然有序，還鋪著碎石子道路，牆邊堆疊一根根巨大的木頭作裝飾，一幢三合院的閩式建築坐落其間，大門旁的圍牆上貼有告示，除了週休假日會對外開放，平常日要參觀紀念館需先預約，還安裝門鈴及監視器。

張超一想碰碰運氣，按了幾次門鈴，可惜都無人應聲。

雖然可以翻牆進去，想起自己的身分還是作罷，他正打算放棄離開，一輛藍色的馬自達突然開過來，就停在大門旁邊。

車上下來一名打扮時髦的女子，約三十多歲，燙著一頭鬈髮，戴墨鏡。

她摘下墨鏡，好奇地盯著張超一，打量他。

「你是誰？是訪客嗎？想參觀紀念館？」

「妳好，我姓張，是檢察官。」

張超一朝她出示證件並說明來訪原因，女人很謹慎，仔細查看多次確認不是偽照才還給他。

「梁永夏的案子已經過那麼久，為什麼重啟調查，難道你們找到新證據？」女人拿出鑰匙開大門，疑惑地問道。

「很抱歉，目前還無法說明。」他公式化的回應。

女人領著他走進園子，邊自我介紹是陳尚川的大女兒叫陳芳華，平常住台南，偶爾會回來紀念館整理內部。

她父親有四個孩子，她和其他弟弟妹妹每個月輪流管理這座紀念館。

三合院內也陳設著陳尚川歷年來的木雕工藝作品，依年代分門別類，動線用心規劃，有條有理，作品維護得狀態極佳，看得出陳尚川的子女們對他很尊崇，牆壁上掛著各種表揚的獎章和獎狀，還有和政界商界名人們的合照，桌上擺設獎盃，同樣擦拭得亮晶晶。

最左邊的房間是陳尚川生前的工作室，裡頭擺放著各式各樣的木工工具，有大型的裁木機器，也有細緻的雕刻刀具，同樣維護得完好如新。

張超一注意到，這房間的牆壁很乾淨，漆著米白色色調，唯獨掛著一張裱框的大合照，正是他在力圍國中畢業紀念冊中見到的那一張，陳尚川站在中間，被一群年輕學子團團圍繞，陽光耀眼，笑容燦爛。

照片底下有個木製長櫃，擺著五尊小的木雕觀音像，觀音姿態各異，面容都露出平靜的微笑，像看透人世間的恩怨癡傻，與世無爭。

張超一指著照片裡的王顯耀，好奇的問：「陳女士，請問妳認識這名少年嗎？」

陳芳華走過去觀看那張合照，仔細的瞅著站在最左邊的男孩子。

「我不記得了。」

「妳爸爸生前跟妳提過這一班社團嗎？他還有跟誰聯絡嗎？」

陳芳華凝望著照片裡的每個人，陷入思索。

「我不清楚，其實那時候我剛好去外地讀大學，爸爸很少跟我聊這些事，我一直很意外爸爸會突然想搬回家鄉，我媽媽也不太諒解，她不喜歡這座偏僻的小鎮，兩人的關係鬧很僵，我差點以為他們會離婚，後來我媽媽生病了，我爸爸不離不棄的照顧她，可是她還是走了……」說至此，她的表情悵然若失。

張超一點點頭，繼續問道：「妳媽媽什麼時候離世？妳爸爸那時候還在學校擔任社團老師嗎？」

「我記得我媽媽走的時候我在放暑假，她那時候身體已經好多了，醫生說病情有起色，不知道為什麼又突然加重？我爸爸當時已經在社團教一年了，那些學生都畢業，後來九月的時候發生那個女孩子的事情……」她頓了頓，接道：「總之我爸爸滿傷心的，後來都沒再收學生。」

「妳爸爸跟那些社團學生的感情如何？」

「應該不錯，我每次放假回家，就看見那一群學生窩在我爸爸的工作室裡，當時這房子以前的另外兩個房間也都是我爸爸工作的地方，」她笑笑說，語帶懷念：「擺了很多東西，到處堆著木頭，都快沒地方走路，他們都很尊敬我爸爸。」

張超一再度指著照片裡的王顯耀。

「在妳的印象裡，這個男孩子跟梁永夏的感情好嗎？」

「我真的不記得了，」她納悶地反問：「檢察官，你不是為了調查梁永夏的案子過來嗎？怎麼一直問起那個男孩子？為什麼那麼在意他？」

「因為我很意外，」他露出耐人尋味的笑容。「我沒料到會在這裡看見他……陳女士，我需要妳的協助。」

＊＊＊

張超一離開紀念館後，打了一通電話給刑事局的鑑識科長李秀枝，希望她能幫忙調查一些線索。

他相信這些線索將會是王珍芯命案的破案關鍵。

5

朱立龍現年三十七歲，犯罪生涯履歷洋洋灑灑，尤其詐騙事業風生水起，不僅幫自己賺大錢、買豪宅、買名車，甚至當起「老師」，去國外傳道授業，堪稱反面教材的「台灣之光」。

這也是為何他突然失蹤會格外讓人覺得匪夷所思。

「出來混，遲早要還」這句話不只是電影名台詞，事實上每個在道上混的都清楚，哪天在暗巷裡被人砰砰也沒啥好怨的，為財、為權、為爭地盤、為搶女人，隨便一點小事都可以當成取命的藉口。

但問題是朱立龍沒有仇人。

兩年前，負責承辦朱立龍詐騙案的魏人恕警官曾經詳細調查過，雷進找上他討論這件舊案，他把調查情況一五一十告知，雷進也調出一堆舊檔案來研究。

當時朱立龍在台灣架設機房，專門詐騙對岸人民，謊稱是某某局長或公安，至少上百人受騙，受騙金額達數千萬人民幣。

朱立龍被逮到後，法官讓他以二十萬交保，回家沒幾天，他突然人間蒸發，同居的女人聲稱朱立龍當天只對她說要出去買東西、見朋友，但沒詳細說明要去哪裡買東西、也沒說要見誰，她打他的手機都找不到人。

警察鎖定他的手機通訊信號位址，後來在一間大賣場的地下停車場找到他的車，而手機就放在車內的駕駛座上，朱立龍把車子停在角落，恰好是監視器的死角，沒拍到他有沒有下車或者誰來找他。

地下停車場有八支監視器，警察非常仔細的察看畫面都沒有發現可疑情況，大賣場的負責人很配合，同時交出停車場出入口、賣場內以及警衛室的監視畫面，只能確認，朱立龍將車子開進去，而且他並沒有進入賣場內活動，非常可能是在停車場就遭到埋伏攻擊，並且綁架帶走，但在朱立龍的車子附近沒有發現打鬥痕跡或血跡反應。

整個案子陷入膠著，朱立龍就這樣消失無蹤，再也沒有人見過他。

當年魏人恕警官一得知朱立龍失蹤，旋即進行擴大偵查，他以為朱立龍可能潛逃到中國或東南亞，甚至可能逃去日本，但台灣的詐騙案件罪責極輕，比附近鄰國的刑罰都輕，實在沒必要逃。

朱立龍身邊的關係人都沒聽聞他和誰有過節，他做人很成功，白道黑道通吃，算是非常滑頭、很有手段的一個人，他底下養的那批小弟都很仰賴他，他人不見了頓時群龍無首，估計又會去投靠其他大哥。

魏人恕從朱立龍的手機通聯紀錄調查，一一清查過濾後，發現沒有可疑人物，也找不到那名他同居人所指的朋友，意味著那個朋友和朱立龍並不是以電話聯繫，朱立龍雖然有用電腦，但那只是他賺錢的工具，他還是習慣以電話做為聯絡方式，那麼他是如何聯繫那名朋友？

魏人恕詳查過朱立龍的親朋好友，也查過那名同居人的底細，最後這案子仍是不了了之，懸而未決，朱立龍至今下落不明。

雷進檢視過所有相關檔案後，決定親自去見那名女同居人，畢竟那是朱立龍失蹤之前見過的最後一個人。

＊＊＊

女人名叫謝薇薇，現年二十七歲，去年剛結婚生子，丈夫並不知道她過去曾經和朱立龍有過一段舊情，因此她懇求雷進能約在外面的咖啡店相談。

她找了間離住家有點遠的店，雷進先到，自行點了一份商業午餐吃飯，謝薇薇大概二十分鐘後才到，推了一台嬰兒車進店裡，小嬰兒在裡頭安靜的睡著，完全不受周遭嘈雜的環境干擾。

謝薇薇打扮素淨，長直髮簡單的用一條髮帶綁成馬尾，她在雷進對面的位置坐下之後，仍緊張的左右張望，似乎怕被熟人認出。

雷進已經吃完飯，在喝咖啡，謝薇薇也點了杯黑咖啡，店員送來後，她放入三顆糖，用小湯匙慢慢的攪動著，轉出一圈黑色漩渦。

他實在很好奇她對夫家隱瞞多少私事，積壓多少秘密，然而那是別人的家務事，不在他的調查範圍內。

他直截了當的切入話題。

「謝女士，麻煩妳詳細描述那天朱立龍離家前所說過的每句話。」

「我已經把我知道的都告訴之前那位警官。」

「麻煩妳再重複一次。」

「為什麼……」她嘆口氣，大概體認到無法跟警察爭執緣由，妥協了，輕聲說：「他說他要去大賣場買東西，問我要買什麼，我說我想陪他一起去，他說不用，因為他還要去見一個朋友，會晚點回家。」

「他沒說那個朋友是誰？」

「我有問是誰，但他沒說，他只說反正說了我也不認識。」

「所以是妳不認識的人？」

「他的朋友很多很雜，我不可能認識每一個人……」

「妳有沒有想過他失蹤的理由？在那天之前他有表現異常嗎？說過什麼奇怪的話或是做出奇怪的舉動？」

「沒有，」謝薇薇堅定地說：「我真的想不出原因，就算被警察抓到，交保以後他也笑笑地跟我說沒關係，我覺得他一點都不擔心坐牢，根本沒必要逃跑……」

「他有欠債？吸毒？賭博？」

「真的都沒有，雷警官，我真的很想幫忙，我也想知道他人去了哪裡，為什麼沒半點音訊？可是我真的一無所知……」

謝薇薇啜了口咖啡。

雷進仔細觀察她的模樣，白皙的耳垂戴了兩顆明亮的珍珠，右手無名指戴了一個設計精緻的銀戒指，鑲著小顆鑽石。

「妳真心希望警察能找到朱立龍嗎？」他突如其來問道：「還是最好就這樣永遠消失不見？」

謝薇薇的臉色刷的慘白。

「我不懂你的意思……」

「朱立龍生前的事業做很大，賺不少錢，他失蹤以後那些錢去了哪裡，最後到誰的手上……這妳真的不懂？」

聽至此她倒吸一口氣。

「雷警官，這是很嚴重的指控，我一直很配合你們的調查……」

「我知道，」他比個手勢制止她的解釋，微笑道：「不過，在妳心裡究竟是希望警察能找到他，或者找不到他？我換個方式，妳是希望警察能找到他的人，還是他的屍體？」他的眼神銳利略顯冷酷。「謝女士，妳真的說出全部的事實，毫無隱瞞嗎？」

謝薇薇的身體微微顫抖，不知道是因為恐懼、憤怒或是羞愧，此時嬰兒車內的小嬰兒突然醒了，放聲大哭。

「他說，那是一個很久不見的老朋友，他沒想到還有機會碰面，他說也許兩個人可以合作……」

「合作什麼？」

「他沒說……」謝薇薇猛地爆出哭聲。「雷警官，我已經把我知道的事情都告訴你，我真的沒有隱瞞，拜託你，以後不要再來找我！」

一大一小都在哭，頓時雷進成為眾所注目的焦點，這場面像極了一名凶神惡煞在欺負良家婦女，他很後悔答應她在這種公眾場合談公事，應該叫她親自到警局，不該心軟。不論如何，至少得到一點新線索，那個許久不見的老朋友，以及合作的想法或許是導致朱立龍失蹤的緣由。

可以確定的是朱立龍很樂意見到那個人，並且毫無防備，簡單講，那個人對他毫無威脅性，他甚至願意獨自去見面，還想合作。

合作什麼？跟他的詐騙事業有關或者是新事業？那個人是男人或女人？

很顯然這個老朋友跟他現在的圈子無交集。

有沒有可能是十五年前那命案裡的五位犯罪者之一？

不，這結論下太快，雷進迅速收回這過於跳躍的思維，他沒有任何輔助的證據可證實，倒是可以回溯調查兩年前朱立龍失蹤時，那五名犯罪者的情況以及不在場證明，是否能將他們排除？

可是這似乎又繞回原點，雷進再度陷入苦惱，他仍然無法確定朱立龍的失蹤和現在王珍芯的命案有無關聯。

他有沒有可能是幕後策畫者？但能為了什麼理由？

這時雷進的手機響起，是林健環法醫打來的，他已經確認王珍芯的死因。

6

雷進走進林健環法醫的辦公室，彭子惠已經坐在裡頭等候，邊批閱著一份案件檔案，眉頭深鎖，似乎在思考是否要起訴以及要以什麼法條起訴。

他沒見到張超一檢察官，禮貌地先敲敲門框。

「請進。」彭子惠習慣性地應聲，連頭都沒抬起，突然意識到她不在自己的辦公室，一抬頭和雷進對上眼，兩人尷尬一笑。

「林法醫呢？」他自然地走進去，坐到一旁沙發上。

「有事耽擱，好像是死者的家屬對驗屍結果有意見，找人來鬧，詳細情況我也不清楚。」她放下檔案，和他聊著。

「張檢還沒過來？」

「他人還在彰化，說有重要線索得繼續調查。」彭子惠撇了下嘴角，毫不掩飾她不以為然的態度，她不相信過了十五年還能查出什麼相關的線索。

「他查到什麼？」雷進也很好奇。

「誰知道。」

「我以為你們一起合作……」

彭子惠笑了。

「那你就大錯特錯，我跟他剛好是署裡的兩個獨行俠，習慣各做各的，不擅長合作。」

雷進一時不知道如何接話，這個年輕漂亮的檢察官性格讓人捉摸不定，他實在不會應付太過聰明的女人，生怕一不小心說錯話，他可不想得罪檢察官。

幸好此時林健環法醫及時走進辦公室，揮揮手，一臉抱歉。

「我來了，沒等很久吧。」

他邊說邊走到辦公桌旁，拿起桌上的保溫瓶，轉開來喝水，咕嚕嚕的猛灌，簡直像剛從荒漠回來。

彭子惠和雷進早就都習慣林法醫，他的年紀五十多歲，頭髮半白留長，蓬鬆又亂，外貌不修邊幅，戴一副厚眼鏡，活像個科學怪人，然而他的經驗豐富，堪稱現今台灣法醫界第一把手。

五天前，王珍芯的屍塊全部找齊之後，彭子惠、雷進和張超一全部集聚在殯儀館，和林健環相驗，王珍芯的六大屍塊排列在解剖台上，兩名檢察官和一名警官只能乖乖站在一旁，看林法醫和助理進行例行程序。

當天林法醫初步判定幾個重點，首先是屍體被切割面非常平滑完整，幾個切口分別為頸部下側鎖骨處，兩個上臂肱骨肩關節處，以及下肢部位的左右髖骨處，很工整的切成頭部、兩臂、軀幹，以及雙腳。

除此之外，屍體並無創傷傷口。

最早在頭部發現的幾處潰爛傷和嚴重的顏面損傷經過檢驗，確認和野狗的齒痕以及唾液分析吻合，沒有重物擊打的傷口，也無穿刺傷。

後來陸續送來的屍塊，在小心清理過表面的蛆蟲後，並進行檢查和拍照，判定屍紋位置及正確死亡時間。

林法醫可以肯定，兇手殺死被害人之後，在進行分屍及棄屍的過程中，沒有將屍塊進行冷凍處置，這可以從蛆蟲的活動狀態以及屍體的腐壞程度進行推斷。

很顯然，這名兇手沒有意圖誤導警方判斷死者的死亡時間，相反的，就是要警方能確認死者的正確死亡的時間。

兇手誤導死者死亡時間一般來說與不在場證明的布置有關。

「所以這個人很確定自己有不在場證明？」彭子惠一邊說，和雷進交換一個眼神，兩人不約而同都想到同一名嫌犯，而他的不在場證明確實非常牢靠。

林法醫認定王珍芯的死亡時間在晚間七點到九點之間，不會超過一個小時，而那個時間點，那名嫌犯正在和同事們聚餐，有相當多證人可證實。

「說不定是多人犯案？」張超一提出看法。「我們不應該排除這個可能性。」

「現在的問題是，我們連一個確定的嫌犯都沒有。」彭子惠無奈地攤開雙手，雷進也苦笑。

那天，林法醫並沒有給出死因。

他表示他還無法判斷，從屍體外部看不出致命傷，解剖屍體，內部器官完好，肺部無積水浸潤，也看不出中毒跡象，將進一步分析胃裡的殘留物以及做血液鑑定分析。

檢測結果已經出來，顯示王珍芯胃裡的殘餘物是一般食物，也沒有毒物反應，這種情況，最有可能的死因是……

林法醫從旁邊的文件袋內抽出幾張照片，夾到燈箱上，對著雷進和彭子惠說明。

「窒息死最有可能，」他謹慎地說：「像是口鼻被用力壓住，或是喉嚨……」是咽喉。

剛開始拍照的時候並沒有留意，這次他仔細用多波域光源機，一點細微的傷都不放過。

在王珍芯的頸部有被狗啃咬過的痕跡，同時也照出勒痕。

X光照片仔細細看下，可看出氣管部位損傷，鑑識人員進一步在她的頸部查出人類手掌掌紋，可惜是片片段段，沒有完整的指紋。

「所以王珍芯是被人用雙手勒死……會是什麼情況？」彭子惠思考著，王珍芯身上沒有其他的抵抗傷痕，這個人非常有可能是在王珍芯毫無防備下、突如其來對她動手。

「如果這名兇手在分割王珍芯的頭部時，稍微往上一點，會破壞這個證據？」雷進問林法醫，後者點頭。

「有可能，這個人如果從氣管的部位切割頭部，就不是現在我們看到的照片，刻意從鎖骨的地方動手，很顯然是為了保留這個證據。」他露出耐人尋味的笑容。「很有意思，我第一次看見有兇手會想把自己如何殺死對方的痕跡清楚保留下來。」

彭子惠和雷進也沒碰過像這樣的兇手。

會是誰？動機為何？

那天王珍芯帶著行李走下公車，究竟是去了哪裡？找誰呢？

真的如她父親所言去找李昌和？

7

張超一走下公車，這一站正是王珍芯所搭的終點站，面對一條岔路，左邊那條往山裡去，右邊那條大轉彎後過橋往另一個城鎮，馬路寬大，是四線道，周邊不少商店和住家，馬路對面還有一間規模頗大的工廠，然而大部分裝設的監視器都是對準自家大門。

路口監視器有拍到王珍芯走下公車後，轉往右邊那座橋的方向，雖然拍到她的背影，但不能確定她是直接過橋，或者轉到旁邊的河畔道路。

河畔道路大約能容納一輛車，蓋了一整排的三層樓別墅，共十三棟，鋪著紅色磁磚，但銷售情況冷清，根據資料只有四戶有住人。

張超一邊走邊觀察，這幾棟房子的大門緊鎖，窗戶緊閉，有的門邊還有未清的狗屎，趴著一條或兩條野狗，聽到張超一的腳步聲會警覺的清醒，站立，但沒吠叫，估計在觀望張超一是否是友好的人類。

他看了一下確實只有四戶人家安裝冷氣，有的在陽台曬衣服，或者布置庭園，窗戶敞開。

他試著去拜訪李昌和的鄰居，但此時只有其中一戶有人在家，按門鈴後，一名約三十歲的少婦出來應聲，她懷有身孕，對於上門的檢察官感到畏懼，小心翼翼地回答問題。

她知道那件命案，但她沒有留意到王珍芯是否有經過她家門口，那個時間點她剛好在後面的廚房忙碌，其他鄰居她都不熟，跟李昌和也只是點頭之交。

張超一問她對李昌和的印象，她坦白的說她覺得他是個好人，很親切隨和，有次看到她搬雜物還會主動幫忙。

對了，她還想起來有次假日看到一群年輕孩子來他家找他，大概十多個，讀國中的模樣，玩到晚上才回去，他跟補習班學生的感情好像不錯。

她沒有印象看過王珍芯單獨來他家找他，事實上好像除了那一次學生們來找他玩，此外沒有人來他家找過他，所以那一次才讓她印象深刻。

張超一謝謝這位少婦，隨即往最後一棟房子移動，那正是李昌和的家，他按了他家門鈴，等了約一分鐘，沒人回應。

他看錶，下午五點三十六分，他從公車站牌走過來，散步約用了二十分鐘，和那位主婦聊了五分鐘左右，如果是王珍芯，走到李昌和住處應該也是差不多時間。

假設她真的走到他家門口，想做什麼呢？

當天李昌和兼職的補習班辦聚餐，所有同仁都參加，到晚間十點左右才結束，他喝醉酒，一名同事開車送他回家，到家時已經將近午夜，那名同事證實他家沒其他人在。

這條河畔道路再過去並沒有住家，一直往前延伸會有另一座橋，河的對岸也沒有開發，雖然有路燈，然而日落後仍有一種荒涼的氣氛。

這整排房子的格局都相同，一樓安裝雙玄對開的金屬烤漆大門，門邊沒有安裝監視器，靠著牆壁則擺放幾盆植物盆栽。

張超一想了想，試著拿起那幾盆盆栽一一查看，竟然在其中一盆底下看到一把鑰匙，他沒打算擅自闖進去，而是蹲在門邊抽菸，他打算等李昌和回來，如果抽完一包菸還沒等到人就離開。

他想像著王珍芯獨自一人提行李走過來，當時她是否也是和他一樣的想法，在這裡等李昌和回家？或者自行拿起鑰匙進屋？她知道這裡有鑰匙嗎？或是和他一樣是猜中的？

是什麼原因讓她在等待的過程中被殺害？有人跟蹤她嗎？

他閉上眼睛思考，會是誰？

他彷彿聽到腳步聲，朝王珍芯走來，當王珍芯察覺時，那人已經兇狠的撲向她——

他的耳邊傳來一陣機車聲，煞住。

「請問你是誰？」

聽到男聲，張超一猛然睜開眼睛，見到一個戴安全帽、背郵差包的男人，他停好車，摘下安全帽，是李昌和，他將帽子放到機車置物箱內，接著朝他走來。

張超一站起身。

「你不舒服嗎？」李昌和關心的問，一瞥到地上的幾根菸蒂，似乎立刻明瞭他在等他。

李昌和長得濃眉大眼，頭髮有點長，但梳理得很整齊，穿著紅黑相間的格子襯衫搭牛仔褲，以及一雙帆布鞋，看起來比他實際年齡更年輕。

張超一表明是檢察官，想問他一點問題，接著他出示證件。

李昌和瞬間露出驚訝的表情，細看過他的證件後仍難以置信。

「我沒想到檢察官會親自登門拜訪我……」他語帶譏諷。「檢察官不是都坐在辦公室辦公嗎？」

「我喜歡散步。」張超一淡然地回應，沒有被激怒。

「散步到我家……為什麼要找我？我知道的事都告訴警察了。」

「有些問題想釐清，只是想跟你聊一聊，如果你有空……你介意嗎？」

「所以不是正式訊問？」

「不是。」

「如果拒絕，是不是讓我的嫌疑增大？」他開玩笑地說，張超一則沉默不語。

「好啊，我沒什麼好隱瞞。」李昌和從包包裡拿出鑰匙開大門門鎖，推開門進屋，張超一隨後跟上。

屋內看起來很寬敞，客廳家具都是實用性的，沒有多餘的裝飾物，東西不多也不亂，空氣裡有芳香劑的味道。

李昌和放下包包，擱在沙發上。

「要咖啡還是茶？」

「水就可以了，謝謝。」

「我知道你想參觀我家，我不攔你，別偷拿東西就行。」他微笑道，往後面的廚房移動。

既然屋主這麼大方，張超一也隨性地在屋裡走動，其實他也沒多想，不論李昌和是否答應讓他進屋，過了這麼多天，他並不認為能找到所謂可用的證據，他來此另有用意。

一樓前面是玄關和客廳，後面則是餐廳和廚房，還有一間儲物間，他看了一下，布置陳設都很簡單。

他走樓梯到二樓，那裡有三個房間，一間臥房、一間書房以及衛浴，另一個房間則鎖著門，三樓有兩個房間也鎖著，另外闢了一塊陽台，擺放木製的桌椅和花盆，角落有一株九重葛，長得生機盎然。

旁邊的三層架子上擺放著一些木工用具，像是圓鋸機、鋸線機、電鋸，還有油漆、刷子……等等，有條有理的歸類。

這房子給他的感覺就是很簡單，都是實用性的家具，價格便宜，沒有貴重物品，客廳也沒有電視，唯一稱得上昂貴的東西大概就是書房裡的一台蘋果電腦，牆壁都是米白色的，乾乾淨淨，沒有掛一幅畫或一張照片。

他走下樓，李昌和已經泡好咖啡，坐在沙發上邊喝邊滑手機，桌上還有一杯水。

「如何？」他用調侃的口氣問道：「有發現可疑的線索嗎？」

張超一坐下後，拿起水杯喝水，大概喝了一半才放下。

「這房子只有你一個人住，會不會太大？」

「我喜歡安靜的環境，尤其現在這種重要關頭，需要專心讀書，而且這房子的租金其實很便宜，雖然地點偏僻，但剛好適合我。」

張超一記得他正在準備國考，一星期去補習班兼課兩天，平常可能都待在圖書館讀書。

「恕我冒昧，你有沒有女朋友？」

「曾經有過，」他聳聳肩，「被甩了，我決定辭職好專心準備考試，不過她覺得錄取率太低，而且事先沒跟她商量，沒有被尊重，沒有安全感，就這樣分了……」他苦笑。「檢察官，你不必拐彎抹角，想問我什麼可以直接問。」

「好吧，那天王珍芯到底有沒有到你家找你？」

「我已經跟警察說過很多遍，那天晚上補習班有聚餐，我也去了，到晚上十點左右才結束，因為我喝醉酒，一個同事就順路開車送我回家，我回到家已經三更半夜，家裡沒有其他人。」

「你覺得王珍芯帶著行李坐公車，從她家花了快兩小時車程來到這裡，會去哪裡？」

李昌和很認真地思考這個問題。

「我也想過，但我沒有答案，畢竟我跟她只是師生關係，她確實有可能來找我，但我回來的時候已經很晚，我沒看到她，」他頓了頓。「我猜會不會是有人跟蹤她，並且趁她一個人的時候傷害她？」

警察也考慮過這個可能性，實際在此地四處探訪，看有無當地人發現異狀，結果當晚並沒有人聽到有呼救或被襲擊的聲音，講白了她就像突然消失一樣，連行李都不見蹤影。

另外一個可疑點就是……

「為什麼她父親王正邦那麼堅持是你殺了她女兒？你們有過節？有誤會？」

李昌和無奈地嘆氣，他正襟危坐，很慎重的說：「檢察官，我知道很多人想像，我跟珍芯有曖昧關係，但我要強調我跟她真的就是師生，絕對沒有逾矩。她很聰明，有數學天分，我會鼓勵她，僅此而已，我沒有對她做出超過一個老師該有的行為，至於王正邦先生，他和他女兒的家務事，我也無能為力。」

「家務事？」這點聽起來頗新鮮。

「你知道王先生跟珍芯的年齡差有點大，他是個法官，那一輩對孩子的教育很嚴厲，珍芯跟我抱怨過他是個控制狂。她是個優秀的孩子，長得漂亮，家世好，腦袋聰明，各方面都高人一等，你可以說她是所謂的人生勝利組，但這樣的孩子其實很寂寞。她有朋友，但同齡人追不上她的程度，她父親管她管得很嚴格，她的母親早逝，哥哥和姊姊都比她大上一輪，都去了國外，家裡只剩下他們父女。她知道將來她也會被她爸爸送出國讀書，不管她同意不同意，她常常覺得根本沒人理解她，她只是一尊被其他人操控的木偶。」

「這些話是她對你說的？」

李昌和點點頭。

「偶爾我會聽她說心事，那個年紀的孩子心思很敏感，需要被傾聽，他們很希望能有可以模仿的楷模，也想要有一個可以依賴的人，但她的父親……我只能說是個老頑固，年紀還是其次，主要是思想，過度的保護欲和控制欲，他根本沒把女兒當成一個擁有獨立思想的個體，而是當成自己的私有物，他會檢查她的手機、簡訊、通聯紀錄、信件、電腦、平板、日記本……統統不放過！她沒有隱私可言，而且他的態度理直氣壯，珍芯每次提到她父親都非常生氣。」

「所以王正邦可能因此誤解你跟她女兒的關係？」

「也許。」

「你認為王珍芯把你當成父親的替代品？」

「我不知道她怎麼想，我希望能當她的朋友，幫她度過這段日子，我想幫一個這麼聰明的孩子安然度過青春期，不要走歪路，不要後悔。」

李昌和的這段話聽在張超一耳裡，不由自主引發其他聯想，像是設身處地的感慨，他曾經後悔過嗎？後悔什麼？

「以你對王珍芯的了解，她為什麼會選擇來這裡？除了找你之外，還有別的可能性嗎？有誰會想傷害她？她有沒有跟你透露過相關的訊息？」他試探的詢問，而李昌和也沒有迴避。

「你問的這些我都想過，但是我毫無頭緒，她常常跟我抱怨她爸爸的事，其他我就不清楚，可能她跟誰約好要見面？我對她的朋友圈其實也不熟。」

可是為何選擇這裡？

但張超一沒有針對這個繼續逼問，很明顯他的回答一定是「我不知道」、「不清楚」，恐怕無法再針對這點繼續收集線索。

現在他要提出最重要的問題，也是他今晚來找他的最主要目的。

「李先生，你是不是在讀國三那年轉學到彰化的力圍國中？」

李昌和面露驚訝，看起來相當意外。

「對，你們調查得真仔細，」他坦承。「升國三那年，我爸跟我媽在鬧離婚，我媽跑去國外待了很長一段時間，她把我送回我外公家，他住彰化，我就跟著轉學過去，讀了一年，我考上台北的高中，我媽也回來了，認識別的男人改嫁，後來又幫我改名換姓，改成她的姓，她一直記恨我爸外面有小三……」他苦笑。「不過現在個資法那麼嚴，你怎麼能查到？」

「你是刑事案件的重要嫌疑人。」這是張超一想出的理由，然而真正的緣由在於那張團體照，照片裡那名名叫王顯耀的少年的臉部輪廓，跟李昌和實在太相似，詳細調查後果然證實就是他本人。

「你跟鄭喜來讀同一班？」

「對，不過我跟他不熟，」他自嘲的說：「其實我跟誰都不熟，他們都有自己的圈圈，我根本交不到朋友，而且那種地方都有點排外……」

「你認識梁永夏嗎？」提問的同時，張超一仔細觀察他的表情。

「認識，我跟她待過同一個社團，」李昌和神態自若的說：「我記得她有輕微的智力障礙，可是跟人溝通沒什麼問題。」

「你們的關係怎麼樣？」

「就是普通朋友，社團活動的時候才見面。」

「你對她遇害有什麼想法？」

李昌和安靜幾秒，他的眼睛凝望著空中的某一點，聲音不帶情緒，輕聲說：

「是一個悲劇。」

＊＊＊

張超一走出李昌和的家門，天已經全黑，現在七點七分，兩人聊了將近一個半小時，他得到了他想要的訊息，需要靜靜的思考。

他沿著河畔走，這條路上只有他一人獨行，整排房子就亮了四間房，偶爾傳來談話聲和電視聲音。

這陣子沒下雨，河床都乾乾的，然而在夜裡的視界裡，都是一片黑。

他的手機響起，是李秀枝科長打來的，他接了，聽了對方簡短的說法後，心裡激起一股震盪，終究還是牽回了原點。

8

彭子惠坐在王正邦住處的客廳沙發上，心底隱約感到不安。

王正邦的住家大廈位居市區最高級的地段，共二十三層樓，一樓大廳有管理員負責登記訪客，管理嚴格，外人不能隨便進出。

王正邦住在九樓A戶，客廳布置得很典雅，都是上等檜木製成的家具，空氣裡散發一股溫暖的木頭香，牆壁上掛著山水畫作，古董花瓶裡插滿花卉，還有一架黑色的平台式鋼琴，在這個充滿中國風格的廳室裡顯得獨樹一格。

一名年輕女外傭和老法官同住，端上兩杯熱茶和點心後，趕忙離開，不敢打擾彭子惠和王正邦的談話。

然而彭子惠只感到氣氛緊繃，很不自在。

王正邦的身形清瘦，頭髮花白，滿臉皺紋，總是繃著臉，表情嚴肅。

他戴著一副老花眼鏡，緊鎖著眉頭，審視目前彭子惠遞給他的辦案進度文件。

按理來說，檢方的調查不可能對外公開，更不可能對受害者家屬透露詳情，但畢竟王正邦是前法官，人脈亨通，礙於高層壓力，彭子惠不得不配合。

王正邦對於案子至今的進展非常不滿意，他無法理解為何不能羈押李昌和，他明明是最重要的嫌疑犯，但彭子惠解釋，現在還沒有實質證據證明他跟案子有關。

王正邦一聽，幾乎是暴怒。

他女兒坐公車跑那麼遠，不是去找他還能找誰？

從此不見人影，被殺、被分屍，除了他還有誰可能下毒手？

「可是李昌和有不在場證明，他的同事作證在您女兒遇害的時間點，他人在餐廳裡，回家已經半夜，而且他家裡沒有其他人……」

王正邦握拳，重重捶了下桌面。

「證人的證詞就一定準確嗎？那個同事說沒看到人就真的沒人嗎？李昌和住的那個房子有那麼多房間，那個同事確定每一個房間都檢查過了嗎？說不定我女兒是被李昌和藏到其他房間，屋子沒開燈不代表沒人！」他氣憤地說，雙手抱胸。

這時，彭子惠初次注意到王正邦的右手腕纏了一層繃帶，之前用長袖遮住了才沒發現。

「請問您的手……還好嗎？」

「沒事，不小心扭到，」他敷衍道，接著又強調。「我懷疑李昌和有共犯，有人在幫他製造不在場證明，他誘拐我女兒到他家，然後那個人幫他殺人！他們合夥殺害我女兒，就是為了毀滅我！」他心痛地說。

然而警方早就考慮過可能有共犯，並且從多方面下手調查，一個是從李昌和周邊的關係人，一個則是從王珍芯的人際關係，最後是王正邦在職時與退休後身邊的任何可疑人物，卻都無法和此案作連結。

當王珍芯的屍塊被丟棄到各地，找齊全後，這才聯繫到王正邦十五年前曾經審判過的案子——梁永夏虐殺命案。

可是當年涉案的六名罪犯和李昌和並無聯繫，甚至在此次的王珍芯命案裡算是間接受害者，難以將他們定位為李昌和的共犯，其中，朱立龍更在兩年前已經失蹤，不見人影。

總之，目前仍找不出李昌和可能涉案或者有共犯的證據，但不排除王珍芯確實可能被某人跟蹤，並暗中被綁架殺害，從兇手事後將屍體分屍並布置的跡象，應該是針對王正邦而來。

這裡又引出一個耐人尋味的疑點，也就是王正邦異常的堅持兇手就是李昌和。

「為什麼您那麼肯定兇手是李昌和？難道沒有其他可能的嫌疑人，也許在您的職業生涯，有犯人對您懷恨在心，才會利用您女兒，藉著傷害她來報復您？」

「一定是李昌和！」老法官斬釘截鐵地說：「他一直處處挑撥煽動我跟珍芯的關係，我早就已經幫她安排好，在台灣讀完高中就去美國讀大學，她的哥哥姊姊都在那裡可以照顧她，結果她說她不要，她要做自己，她不要當我的傀儡！這是什麼話，我是她父親，她把我當什麼！」

老法官越說越氣，氣到呼吸不順，趕緊喝口茶。

彭子惠想著該如何轉移話題焦點，平緩他的情緒，但他仍氣憤地繼續說著：

「我的珍芯本來是那麼乖的孩子，又聽話又懂事，自從去那個補習班上課，認識那個數學老師，整個人都變了，變得很叛逆，老是跟我頂嘴！那個李昌和天天慫恿她，妳想想看他圖什麼？他就是想占我女兒便宜！」

老法官的情緒越來越激動，彭子惠不得不打斷他。

「那天珍芯離開家的原因是什麼？你們為什麼吵架？」

「我跟她說不准再去那間補習班補習，要不然就提早送她出國念書，她突然說她要搬出去住，她不想回家了……」老法官停下話，重重的嘆氣。「我真不敢相信，我的乖女兒簡直像被下蠱了，她媽媽早走，我花那麼多心思栽培她，給她一切，結果呢……為了一個男人，不要我這個爸爸了……」他感傷地低頭，目眶含淚。

這次，老法官叫了外傭送降血壓的藥過來，他非常不舒服。

彭子惠知道這種情況下也無法繼續談話，收拾好東西，先告辭了。

她走出王正邦的家門，搭電梯下樓，向管理員打個招呼，然後離開大廈，到外面的街道上。

她佇立在紅磚道的人群間，思考。

王珍芯拿著行李要離家出走，是李昌和讓她下定決心的嗎？

所以她打算搭車去他家找他？

可是後來發生什麼事？

她沒有見到李昌和，就這樣憑空消失，之後被殺害、被分屍，屍塊被丟棄在不同地點。

那名兇手究竟想說什麼？

想說給誰聽？

是不是很早就盯上了王珍芯，早就有預謀，剛好這次逮到機會？

這時，彭子惠的手機響起，來電者是李秀枝科長。

「秀枝，有什麼事？」她一聽到對方的回覆，驚得差點手滑掉手機。「什麼?!妳找到兇手?!」

9

李秀枝今年三十二歲，留一頭俐落短髮，身材高高瘦瘦，由於是飛機場身材，她又老是中性打扮，愛穿牛仔工作褲，常常被誤認為是男人，她自己不介意，倒是對方會尷尬，久了她也只能自嘲來安慰對方。

從警大畢業後，她進入鑑識科工作，至今已經超過十個年頭。

她的工作非常忙碌，有時碰上大案子，可以沒日沒夜地蹲在實驗室、研究室、辦公室裡，不知今夕是何夕；然而由於影視劇對於她的本業的描述過於氾濫且誇大，導致許多外行人會神化她的工作，彷彿鑑識結果一定百分之百正確，其實任何結果都可能有誤差，而且鑑識人員也可能在採樣過程出錯，從初始就汙染了證物。

這可不是在拍電視或電影，一、兩個小時就能把整個案子結束，她的多年工作經驗是，一個案子的真相可以跨越十年、二十年的時間淬鍊，最重要的是鑑識人員的堅持，不屈不撓的意志，以及保存好相關的證物。

王珍芯分屍命案是她近年來所經手最複雜的案子，不僅因為受害者的身分背景受到注目，另外，犯案者將屍體分屍後，棄屍多個地點，導致工作量暴增，她底下有兩組組員，各自分配三個地點的鑑識工作，從到現場拍照、蒐證、採樣、進行鑑定，所有組員都累壞了。

但外部媒體和內部的警察、檢察官，甚至更高層天天追問——

有沒有找到可以比對的指紋？

有沒有找到兇手的皮屑或毛髮？

有沒有找到可以用的微物跡證？

兇手在那麼多地方棄屍，一定有留下什麼？

李秀枝恨不得對所有人怒喊——滾一邊去！

她感到很挫折，因為正如所有人想的，這名瘋子留下這麼多的現場，總有疏漏，會留下一點東西吧，可偏偏她還真找不到一個可用的跡證逮人，她感覺那名兇手正在嘲笑她，她卻無能為力。

王珍芯的頭被丟在X大橋[1]下，那裡的現場跡證都被幾隻野狗毀壞，就連無頭的人體模特兒身上都有被狗啃咬過的痕跡。

在六個棄屍處都擺放的人體模特兒經查驗確認是使用高級檜木，如此大量進購卻能不留下紀錄，這些木頭可能不是透過正常管道，而是透過非法的盜木集團，就是所謂的山老鼠，這同時意味著要付出更高昂的代價，這名雕刻者一定要有足夠的財力。

人體模特兒的雕工極佳，細部維妙維肖，將女性的肉體刻劃得栩栩如生，並打磨光滑，塗上白漆，而頭部和四肢則裝置可動關節，因此可以擺出各種姿勢，雕刻者肯定花了不少時間和精力才完成，但這些媲美藝術品的東西最後就這樣被隨意棄置在現場，究竟意味著什麼？

可惜這六具人體模特兒上面也沒有驗出指紋或任何生物性跡證，有一具斷腳的模特兒還被扔到垃圾回收場，差點送進焚化爐。

李秀枝派一組鑑識人員去吳大樹工作的工地找線索，也把吳大樹那輛二手車暫時扣押當證據，卻一無所獲。

工地人來人往，是半開放性質，負責監工的工頭坦承，來來去去的工人像候鳥，有人今天來明天就不見蹤影，有固定上工的，但也有一大半是領日薪，這種做苦力的工作很多都是打零工。

而那晚工頭在附近的一家小吃店請客，工地停車場那裡本來就荒涼，也沒裝監視器，吳大樹的車子沒裝防盜鈴，那個人輕易地開車鎖、開後車廂，根本沒打破車窗，可以說神不知鬼不覺地離開，而且故意不把後車廂的門關好，就是要讓車廂內的屍塊能盡早被發現。

1.編註：此處為作者筆誤，正確應為S大橋。為保留參賽作品原貌，這裡不作修改。

鑑識人員小心的檢查那輛車，雖然採集到除了吳大樹之外的多枚指紋，但吳大樹坦承曾經讓不少人搭過便車，而且他從未洗車，這樣還是無法鎖定嫌犯；此外，鑑識人員也沒在車內或後車廂找到其他的生物性跡證。

關雨桐獲救後，血液經檢測證實服下了俗稱強暴丸的FM2，且有記憶喪失的狀況，然而她身體並沒有遭受其他傷害，沒有被強暴，陰道口無撕裂傷，對方就只是扒光她的衣服，沒有進一步動作。

這點倒是讓李秀枝感到好奇，這像是一種羞辱女性的行為，似乎帶有私人情緒在內，她非常好奇關雨桐真的不認識對方嗎？或許他們有過節？

可惜她真的什麼也不記得。

一組鑑識人員在老農夫的那間鐵皮屋徹底搜查，只找到老農夫和關雨桐的指紋和毛髮，沒有第三者，老農夫自己也很納悶，鐵皮屋就是純粹擺放農具的倉庫，他的田就在附近，除此之外沒有任何貴重物品，怎麼也沒想到有人會闖進去，而且輕易地打開鐵門門鎖。

那附近罕有人煙，他也沒裝監視器，恐怕很難找到目擊者。

林裕文任職的梅達護理之家管理嚴格，出入口有警衛室駐守，一般人無法自由進出，但通往垃圾場則有一條小路，讓垃圾車可以直接從那條路過去載走垃圾，這是一條方便的捷徑，也造成保全的疏漏。

但平常除了倒垃圾，很少有人會去那裡，直到這案子爆發，安養中心才開始檢討是否該加裝安全門或者安裝監視器。

鑑識人員在垃圾場周邊搜尋，發現路面遺留許多機車車胎痕跡，保全主任坦承其實不少內部職員都利用那條小路進出，以前他們都「睜隻眼、閉隻眼」，現在發生事情，不能通融了，會嚴格控管。

此外，鑑識人員並未在現場找到其他遺留的跡證，從屍塊到丟棄的人體模特兒，對方手法乾淨俐落。

莊敬萱開設的百元理髮店所在的那條巷子當晚十一點半至午夜十二點，所有監視器全部受到干擾，停止作用，螢幕呈現一片黑，沒有畫面，十二點過後才恢復功能。

犯案者可能乘機打開理髮店的門鎖，將屍體和人體模特兒放進去她的店裡。

可惜沒有目擊者，那巷子裡是住商混合，三更半夜路上幾乎沒人。

鑑識人員在那間店裡裡外外都徹查一遍，連牆角都沒放過，畢竟是理髮店，雖然採集到多枚指紋，且混雜許多毛屑，但難以比對，根本找不到可用的證據。

而鄭喜來所住的大樓屬於飯店式管理，有長期租約和短期租約，警方根據當晚入住客人進行清查，將近兩百戶人，約有五分之一聯絡不上，有的是外國人，已經離開台灣，有的使用假身分。

警方找清潔人員過來談話，證實在上午十一點到十一點半，一名清潔人員在清掃鄭喜來所住那一層樓房間，確認他房間裡沒有屍塊或人體模特兒，她將房間整理乾淨，送洗衣物才離開。

她強調有關好房門。

管理員則證實在那天下午一點至一點半，大樓發生過電力異常，就在十三樓、十四樓、十五樓這三層樓的監視器全部故障，連電梯都出問題，管理員以為是停電，請工程人員過來修理。

鄭喜來的房間在十四樓，警方推測應該就是那段時間被闖入，而且房門並沒有被破壞跡象，大樓出入都使用房門卡，刷卡進出，而這名擅闖者顯然有複製房門卡的能耐，鑑識人員同樣在他的房間裡搜查採樣，還是沒有收穫。

李秀枝整理出幾個重點向高層匯報，犯案者在六個棄屍現場能干擾監視器的作用，並精通開鎖，不論車鎖、鐵門門鎖或晶片房門卡，都能破解。

以及此人非常詳實的觀察過六個現場的環境，還有吳大樹等五人的生活作息，這不是突如其來一股衝動驅使，而是花了長久時間醞釀和策畫，這意味著王珍芯的死亡只是計畫裡的第一步。

然而除去這幾點，這名瘋子什麼也沒留下。

李秀枝自己都難以接受，她有六個現場，卻找不到一樣可以逮人的證物。她無法面對同僚，也只能默默承受上司的責難，案子陷入泥淖裡，這個引起社會大眾注目的案子，或許將會以懸案作結，實在讓人沮喪。

直到她接到張超一的來電，案子才出現一絲曙光，張超一希望她能立刻下去彰化一趟，帶齊人馬和設備，他說需要仔細搜查一棟房子，極有可能是行兇者殺人分屍的地點。

李秀枝無法理解怎麼會跟彰化扯上關係，但張檢沒有詳細說明，於是，當天她懷著一肚子疑惑帶著組員們抵達他說的地點，然後他們真的中大獎，李秀枝幾乎喜極而泣，就在那個房間裡驗出了王珍芯的血跡反應。

第三部　轉

少年A是個聰明的孩子，陳師傅很喜歡他，他的雙手靈巧，心思細膩，有藝術天分，可惜的是以他的家世背景，注定不可能專職從事木工行業，頂多當成興趣，要不然陳師傅真心想栽培他，繼承他的志業。

同時，陳師傅也心疼少年A，他總是在人群面前強裝出開朗的一面，明明心底積壓許多憤恨與不滿，他選擇自行消化，在外人面前表現出毫不在意的模樣。

他的父母親離異，父親拋棄他，母親離開他，他被迫搬到陌生的城鎮和外公同住，轉學到一間新學校，適應截然不同的環境，和以前迥異的生活方式。

他的壓力很大，卻找不到一個同儕朋友能理解他。

少年A只對陳師傅吐露心事，他很孤單，可是不能表現出來，不能讓外公擔心，他最難過的是打不進新學校的同儕小圈子，他的學業成績一下子就達到頂尖，程度領先其他同學太多，各方面都表現優異，沒有短板，但這反而造成其他人對他冷嘲熱諷，他的同學們覺得他很驕傲，因為來自大城市不屑和鄉下人為伍。

他被同學們冷排擠，幾乎沒有人願意和他說話，把他當成透明人，他寂寞得快發瘋，幸好他後來加入木工社團。

少年A對陳師傅露出羞澀的笑容，他本來對木工毫無興趣，是因為被其他社團拒絕才不得已找上陳師傅，希望他能收留他。

陳師傅也很慶幸他加入社團，他喜歡認真的孩子，肯學習而不是來混時間，他的要求很高，少年A也很投入，一有空就拿起雕刻刀練習。

熟能生巧，陳師傅總是這樣教導學生，並且帶他們去自己的工作室，逐步教育他們使用那些大型機具。

少年A和少女B不知不覺變得熟稔，或許是因為都受到周圍人排擠而互相憐惜，陳師傅始終不理解那兩人之間產生的是什麼樣的情誼，他們各方面的條件天差地別，彷彿有一條命運的細線在無形中連接兩人，在某一點交會糾纏。

少女B慘死後，陳師傅總是不斷自責——

他是牽線人嗎？

是他必須為這兩人悲慘的命運負責嗎？

如果他不心軟讓少女B加入社團，或者不收少年A為徒，他們會走向這共同的悲劇嗎？

他才是真正的罪魁禍首？

問題的答案唯有上天能回答他。

1

《水果日報》 2018年9月23日報導

S大橋人頭命案出現重大轉折 警方發現分屍地點

距離S大橋人頭命案發生至今已經超過半個月，原本陷入膠著的案情終於在昨日出現突破性進展，刑事局鑑識科李科長在彰化一座當地名人紀念館的工作室內，從裁木機具上檢驗出人類血跡反應，並找到人類的毛髮皮屑，進一步檢驗後證實與人頭命案受害者王×芯相符合，確認屍體就在那裡被分屍，裁切成六大塊後，分別被丟棄至他處，但是否是遇害地點警方則不願多透露。

這座名人紀念館為當地著名木雕師傅陳尚川的子女們所有，並負責管理，兩年前陳尚川因病去世後，子女們將其舊居整理完善，並在假日對外開放供遊客參觀，平日則需事先登記，大女兒陳芳華表示非常意外殺人兇手會闖進紀念館並利用工作室的工具肢解屍體，目前現場已經完全封鎖，鑑識人員還在該處做更詳細的搜查。

然而這名兇手是誰？目的為何？為什麼會挑上陳尚川先生的紀念館？以及警方如何追查到這座紀念館？

對此等問題警方表示調查過程不便公開，會擇日由檢方召開記者會對外詳細說明案情。

2

李昌和獨自坐在偵訊室內快半小時。

雷進一直在雙面鏡後方觀察他。

他看起來神態自若，穿著藍白格子襯衫搭黑色牛仔褲以及慢跑鞋，整個人感覺像個大學生。

他偶爾拿起桌上的水杯喝水，完全沒有出現任何焦慮擔憂的表情，甚至也沒有要求行使緘默權並要律師陪同，他只是安靜的等待。

很有耐心的一個人，這是雷進對他第一眼的評估。

之前是由警分局的基層警員幫李昌和做筆錄，這是首度雷進真正親自面對這個王珍芯命案的頭號嫌疑犯，坦白說若不是王正邦堅定地認為他是兇手，雷進還真難以懷疑到他頭上。

雷進拿起一個文件袋走進去，順道幫自己帶了一杯水，希望不會耗太多時間。他在李昌和對面的椅子坐下，自我介紹自己的身分，並且宣讀雙方的權利。

李昌和凝望著他，露出親切的微笑。

「雷警官，你好。」

「李昌和，你確定清楚知道自己目前的處境嗎？」

可別半途又委託律師找醫生做精神鑑定想逃過一劫。

「我知道。」

「好，為什麼你要殺王珍芯？」

雷進直截了當，也不拐彎抹角，現在證據確鑿，那一套沒意義。

對方倒也很坦然。

「雷警官，我沒有殺王珍芯。」他篤定地回應。

雷進揚揚眉。

「李昌和，不要掙扎了，雖然你很小心很仔細，但你拚不過現代的鑑識技術。你用來分屍的陳尚川工作室的裁木工具都有殘留王珍芯的血跡反應，現場還找到王珍芯的毛髮和皮屑，甚至你的指紋都還留在那些工具上。雖然工作室對外開放，但那些工具是不准訪客觸碰的，連陳尚川的子女都沒動過，上面只有一組指紋，和你的指紋比對吻合，你人就在那裡，跑不掉。」

李昌和沉默不語。

「你為什麼要殺王珍芯？她那麼尊敬你、崇拜你、信任你、依賴你，她和父親吵架以後就只想去找你，你卻傷害她，為什麼？你想對她做什麼？是不小心誤殺嗎？」

雷進試圖以感性引導，但李昌和的回答依然不變。

「雷警官，我沒有殺王珍芯。」他直視著雷進的雙眼，看起來沒有絲毫動搖。

雷進的職場生涯面對過各種狡猾的犯人，他自認能清楚辨別一個人說實話或者說謊話的反應，但此刻他無法確定自己在對方眼睛裡看到什麼。

即便有疑慮，雷進仍要繼續偵訊，他從文件袋裡掏出幾張黑白照片，擺在桌上。

「李昌和，我們已經知道你很擅長干擾監視器的訊號，也很會破壞門鎖。」

幾張照片裡分別是半夜李昌和在陳尚川紀念館門口解開門鎖，走進去，接著又走進屋子裡，在工作室裡走動，貌似在檢查什麼。

他待了三個多小時，在接近清晨時才離開。

照片上清楚標示出時間，是前天半夜至凌晨四點三十分。

「陳尚川紀念館的監視器已經壞很久，一直沒有修復，但因為沒發生過事情，參觀的遊客也不多，陳尚川的子女們從來沒有檢查過，沒發現自己安裝的監視器早就只是裝飾品。就是你破壞的吧？這麼長時間你一直趁著三更半夜闖進屋子裡，利用那些工作室的工具完成你的作品，然後早上神不知鬼不覺地離開，反正平常也沒人，可是這次你沒料到警方偷偷把監視器修好了，你毫無防備，依然故我，被逮到了。」

李昌和安靜地看著照片裡的自己，沒有辯解。

「陳尚川在兩年前去世，紀念館是一年半前建立的？你是什麼時候破壞監視器闖進去？半年前？一年前？還是一年半前就開始了？你什麼時候辭職？一年半前？這樣時間就對上了，所以你從那時候就開始策畫這件分屍命案，你早就計畫要殺掉王珍芯，刻意去補習班教書，接近她，為什麼？為了報復王正邦，用她的死亡幫梁永夏報仇。」

聽完雷進這一串話，李昌和的神情平靜，態度平和。

「雷警官，我沒有殺王珍芯。」

兩人對視這瞬間，雷進從他眼底接收到一種誠摯的訊息，他竟然想相信他說的是實話——他不是殺人兇手。

3

張超一、彭子惠、雷進和李秀枝聚集在會議室裡進行第二次的簡報會議。

距離上個月在S大橋下發現王珍芯的人頭至今將近一個月，雖然目前案情有進展，確認李昌和將王珍芯的屍體分屍並進一步棄屍，問題在於李昌和並不承認他殺了王珍芯。

雷進在會議室內播放他偵訊李昌和的影像，四個人都聚精會神的觀看前方大螢幕上的影片，室內只聽見李昌和沉穩的回應，他表示自己當晚結束和同事們的聚餐後回家，在二樓浴室發現王珍芯的屍體，她躺在浴缸裡，已經被勒死，斷氣多時。

他慌了，手足無措，不想被當成殺人犯，因而做出分屍和棄屍的後續動作，但他強調自己絕對沒有殺人。

「你把王珍芯分屍以後，為什麼要費盡心機棄屍？就算為了增加警方搜索的麻煩，又為什麼要找上那五個人？你跟吳大樹他們五個人有私仇嗎？」

螢幕上的雷進仔細的審問李昌和，眾人屏息以待。

「我想報仇，」李昌和坦率直言。「梁永夏是我的朋友，那群人不配活著。」

「他們已經被法庭判過刑，定罪，坐牢，已經付出代價。」

李昌和搖頭。「你覺得夠了，是因為你不知道真相。」

「什麼真相？」

李昌和露出微笑，讓人毛骨悚然的笑容，雙眼直盯著前方某一點，彷彿在看著螢幕前的眾人。

「去問他們五個人。」

警方的偵訊到此為止，雷進關掉影像，李昌和不願進一步透露案情，法院將會為他指派辯護律師，接著進入法庭的攻防。

張超一和彭子惠都清楚，他們手上擁有的籌碼越多，將李昌和定罪的機率就更大，但目前最麻煩的問題是，他們對於要將李昌和以何種罪名起訴，始終沒有共識。

李昌和住處的搜索票一下來，李秀枝隨即帶隊進駐，徹底搜查他家的每一個角落，雖然有找到王珍芯的行李袋，但很可惜，找不到她的任何生物性跡證，沒有毛髮或皮屑，更沒有任何血跡反應，李昌和應該已經仔細清理過。

「他家很乾淨，」李秀枝用一種微妙的表情形容。「不是那種一塵不染的乾淨，是那種盡量減少不必要東西的乾淨，統統都是實用性的東西，好像可以隨時打包好搬家那種感覺。」

這點張超一認同，他並不覺得李昌和把那間房子當成家，更像是一個暫時擺設東西的空間。

最令人驚訝的部分，就是上次他進屋後那幾間上鎖的房間，這次李秀枝逐一開鎖後，發現裡面布置著各種「進度表」，並架設多組監視儀器，簡直像一間偵探事務所。

李昌和持續的監視著吳大樹、關雨桐、林裕文、莊敬萱和鄭喜來五人，並同時監視王正邦和王珍芯父女，至少已經持續一年時間。

幾個房間裡，牆壁上和白板上密密麻麻的分門別類建立起七人檔案，李昌和詳細的調查追蹤他們的個資，從入監、出獄到恢復正常生活，非常有耐心，尤其最近這一年來的生活脈絡，他調查得很徹底，從他們的人際關係到工作職業，一點都沒有疏漏。

他在去年查出王珍芯參加的補習班，隨即去應徵教職並被錄取，一步步滲透進王珍芯和王正邦父女的關係。

警方已經建立起王珍芯遇害當晚的時間線，李昌和平常以機車通勤，但他的住處的車庫裡有一輛轎車，從他家開車到陳尚川的紀念館走高速公路再轉濱海公路約一個半小時車程，快一點甚至一小時即可到達。

李昌和將王珍芯的屍體放進車內，隨即開車去工作室進行切割動作，接著開車到S大橋下，這段也需要一個小時車程。

他把王珍芯的頭顱放在橋墩之後，非常有可能就隱匿在附近，防止頭顱被野狗啃咬得太厲害，王珍芯的頭顱是在清晨五點多接近六點被一名晨跑者發現，時間剛好可以接上。

警方調出那晚他車子的ETC紀錄，證實他確實開車從午夜至清晨這段時間來回經過高速公路。

「在他車子的後車廂我們有找到樟木的木屑，但沒有王珍芯的毛髮、皮屑或血跡反應，」李秀枝說明。「當然他可能早就清洗過，或者提早有準備裝置屍體的用具，」她頓了頓。「我要強調他真的準備很充分，應該早就模擬過整個情況。」

雷進贊同的點頭。「建立他犯案的時間線，會發現他的時間掌握得很精準，可以說沒有浪費一分一秒，他回家若是在午夜十二點，也就是他只有不到六小時的時間必須開車來回，還要切割屍體，還要整理環境，這整段過程都沒有犯錯，我們可以假設他練習過，一定是有預謀的行為。」

「而且他知道王珍芯是被勒死的，我記得我們從來沒有對外公開過王珍芯的死因，」彭子惠接續道，非常堅定。「他切割屍體，還刻意保留死亡方式，這絕對不是什麼因為太慌張所以才做出來的衝動行為。」

「可是我們無法破解他的不在場證明。」張超一冷靜的提出這案子最麻煩的點。

警方想盡辦法搜遍李昌和周邊的人際關係，資訊人員不眠不休的偵查他的手機、他的蘋果電腦、他在補習班用的個人電腦、他的平板……他的所有物都被扣押搜查，就是找不到一個可疑的共犯。

「法醫認定王珍芯的死亡時間，李昌和當時和同事聚餐，那裡距離他家有兩小時車程，王珍芯已經確認到了李昌和家附近的公車站下車，有沒有到他家不能確定，但那個時間點，李昌和確實不在她身邊，她死亡的時候，李昌和也不在她身邊，也就是如果李昌和沒有共犯，那麼正如他所言，在他回家時，王珍芯已經死了，殺人兇手另有其人。」張超一冷靜的分析，但彭子惠不服氣。

「死亡時間的鑑定未必百分之百準確，幾小時的誤差也有可能，」彭子惠堅稱，「他是最有可能殺死王珍芯的嫌犯，應該說是唯一可能殺死她的人！王珍芯走下公車以後，那種地方除了去他家還能去哪裡？能跟誰約？就算跟第三者約好見面有必要選擇那裡？唯一的可能性就是去找李昌和！她可能有他家的鑰匙，直接進屋，也許在等他回家的時候睡著了，李昌和家那麼大，她或許睡在二樓，李昌和的同事送他回去只見到家裡沒開燈，一樓沒人，但不代表當時王珍芯不在他家，他同事只待了一兩分鐘就離開，李昌和趁此機會勒死王珍芯的機率很高。」

「他為什麼要殺死王珍芯？」李秀枝提出疑惑。

「說不定是見色起意，王正邦曾經提過，李昌和一直刻意接近王珍芯，還挑撥父女關係，也許兩人有了曖昧，李昌和想硬上王珍芯，她反抗導致他一怒之下誤殺，這是最有可能的解釋。」

「可是法醫說王珍芯的屍體上沒有反抗的痕跡，也就是沒有傷痕或瘀青……」彭子惠打斷李秀枝的話，激動的說：「那不重要，重要的是，我們確定李昌和一直在監視王正邦和王珍芯父女，他為什麼要接近她？他為什麼要煽動父女倆的關係製造嫌隙？要讓王珍芯離家出走投靠他就是他的計畫之一，達到這一步的目的是為什麼？」

三人沉默的凝望著她。

「王珍芯注定會死，她的死亡是李昌和這整個計畫的起步，他監視吳大樹那五個人，為的就是要棄屍！他早就計畫好殺死王珍芯，分屍，接著棄屍，不管什麼不在場證明的詭計，他就是殺人兇手，不可能有其他人。」

「為什麼又少了一個人？」李秀枝皺眉頭。「朱立龍呢？李昌和完全沒有監視他，也沒有提到他。」

雷進摸摸下巴，想起和謝薇薇的談話。

「朱立龍在兩年前失蹤，他的同居人說朱立龍那天要去見一個老朋友，而且有可能合作，難道指的就是李昌和，他們要合作？」

「你的意思是朱立龍隱身兩年就為了幫李昌和殺人，他能得到什麼好處？」

李秀枝越想越覺得難以解釋。「像朱立龍那種人，光用錢收買應該不夠。」

「除非他有把柄握在李昌和手上。」雷進陷入思考，他在想李昌和提到的十五年前的真相，是否也牽扯到朱立龍。

「無論如何，我們現在沒有李昌和殺人的直接證據，暫時只能以侵害屍體罪名起訴他。」張超一做出結論。

「不，是他殺的，」彭子惠以不容置疑的態度說：「情況證據已經夠了，殺害王珍芯就是他的計畫中的一環，除了他，沒有第二個嫌疑犯。」

張超一轉向雷進。

「雷警官，你認為呢？」

「其實我也有疑慮，表面看起來他是唯一的嫌疑犯，可是總覺得事情沒那麼簡單，有一些疑點還沒辦法釐清。」

「李科長，妳的想法？」

「從現有的證據，他確實利用陳尚川工作室的工具將王珍芯分屍，不過……」

她頓了下，苦笑說：「之前我搜索過六個棄屍現場，都沒發現可以逮人的跡證，突然間找到指紋、又找到血跡反應、甚至有監視器影像，感覺像李昌和這麼謹慎的犯人，好像一下子犯很多錯誤，心裡毛毛的，還有在他家裡，該怎麼說，給我一種像展示空間的感覺，好像本來就在等我去發現一樣，不太踏實。」

展示空間……這話讓張超一深有體會，正確描述他那天踏入李昌和家裡的感覺，那不是他真正的家，他暗忖，那麼李昌和真正的歸處在哪裡？

既然對於起訴的罪名沒有共識，彭子惠決定將簡報會議過程提交主任檢察官，讓高層開會決定，這麼重大的案子，萬眾矚目，絕對不能有一點疏漏。

結束第二次的會議後，張超一告知彭子惠，他要再去一趟彰化。

「又要去？那裡還能找到什麼？」

「妳不好奇嗎？」他凝視著她的眼睛，直問：「李昌和口中的真相究竟是什麼？」

4

彭子惠當然想知道李昌和口中所指的「真相」為何，但她始終認為李昌和之所以扯出當年梁永夏一案的五個犯人，就是為了干擾警方辦案，讓警方無法聚焦在王珍芯一案，混淆重點。

現在看起來效果頗佳，至少張超一確實被他牽著鼻子走，分心去調查舊案。

她可不會上當，他故意扯出梁永夏，來遮掩他殺了王珍芯這件事，讓眾人對他的動機起疑慮，但是目前檢方就應該聚焦在王珍芯的案子上。

幸虧她向主任檢察官作簡報後，上司也贊同她的想法，檢方最重要的工作是確認李昌和的罪證，並起訴，交由法庭審判，而不是去翻陳年舊帳，最終起訴的罪名會由上層開會討論後決議。

然而，那些「過去」在李昌和的罪證登上各大媒體之後，一一被挖掘出來，同時也找上彭子惠。

就在開完簡報會議隔天，彭子惠下班，走出地檢署，發現吳大樹就坐在人行道旁的戶外石椅上，抽菸，放空。

彭子惠初始沒想到他是來找她，以為是巧合偶遇，但兩人一對上眼，吳大樹迅速站起身，她旋即明瞭，他在等她下班。

「吳大樹，你有事找我？」

天色微暗，她看不清對方的表情，吳大樹將菸蒂踩熄，搓著雙手，貌似在考慮要如何開口。

「把那隻手放到我車子裡的人……真的是王顯耀？」他小心翼翼的提問。

雖然按法定程序，必須遵守偵查不公開原則，但此案主嫌早已上遍各大媒體，事蹟傳遍大街小巷，也沒有保密的考量。

況且彭子惠也有話想問他，藉機刺探。

「對，他現在已經改名叫李昌和，你認識他嗎？」

吳大樹搖頭。

「他不太一樣，」他又補充。「跟我不一樣……」

「你本來以為是誰把那隻手放在你的車子裡？」

他聳聳肩。

「朱立龍嗎？」

他冷笑，像是完全不想提到那個名字。

「王顯耀幹嘛針對我？」吳大樹提出疑問。「我又不認識他，根本沒講過話……」

原來是想知道動機，正好。

「他說是為了幫梁永夏報仇。」

吳大樹的身體明顯顫了一下，說話聲音帶著遲疑。

「他知道什麼？」

「他跟梁永夏的關係很好嗎？」彭子惠反問。

吳大樹嚥口口水。「我也不是很清楚，只是有一次看到他幫忙她，」他低下頭。「我說了，他不太一樣，他不知道規矩，他是外地來的，梁永夏……就是隨便給人家玩的，反正她笨笨的，我們鎮上的人都知道她早就被玩爛了，可是王顯耀轉學來了以後，梁永夏變得比較沒那麼聽話……」

「所以因為她不聽話，你們把她叫出來，想教訓她，結果不小心打死她？」

吳大樹沉默以對，他不承認也不否認，身體一直不停的抖動，無法克制。

突然路燈亮起，照著吳大樹黝黑的面孔，流露出焦慮混合著恐懼的表情。

他在害怕，彭子惠想起莊敬萱，在害怕什麼？

「李昌和說你們隱瞞了真相，是不是梁永夏根本不是你們殺害的，誰才是兇手？」

他深呼吸一口氣，重重吐出。

「我也不想做出那種事，我是被逼的。」
「什麼事？」
他搖頭，劇烈的搖頭。
「我說不出來，不要問我。」
吳大樹腳步踉蹌，猛地轉身落荒而逃，彷彿身後有鬼魅尾隨，追著他。

＊＊＊

吳大樹的一番說詞讓彭子惠思考甚久，當晚她輾轉反側，始終無法入眠。
隔天休假日，她決定去醫院探望林裕文。
自從上回在地檢署偵訊後，林裕文精神崩潰，住進醫院休養，至今還未復元。
他的主治醫生對她表示，目前林裕文的狀況不穩定，可能無法順利會談，他對於任何訪客都無反應，一整天呆坐在病床上，面無表情瞪著牆壁上的某一點，餓了就吃，想上廁所就上廁所，累了就睡，除此之外，他像一具只剩下生理反應的殭屍。
雖然距離事發日有段時間，彭子惠仍不清楚自己究竟說錯哪句話，揭開哪個傷疤，導致他承受不住，她反覆觀看當時的審問錄影影片，還是得不出一個結論，一頭霧水，她希望能從他口中得到答案，可惜今天的探訪恐怕只能失望而回，難以如她所願。

她正準備離開醫院時，意外的碰上關雨桐。

關雨桐打扮得頗低調，一身黑色衣裙，外面套上一件深色大衣，全身包得緊緊的，戴著大墨鏡，幾乎遮住一半的臉，唯一顯眼的是頭上那頂紅色毛帽，和她那頭柔順長髮相當搭配。

兩人在醫院大廳偶遇，那熟悉的髮香吸引了彭子惠的注意，關雨桐也察覺到她，倒是沒有迴避，自然地打招呼。

彭子惠希望和她聊一聊，她答應了，就在一樓附設的咖啡廳，各自點了杯熱咖啡。

關雨桐坐下後，摘下墨鏡，露出一張素顏，五官仍舊很美，只是略顯憔悴，尤其黑眼圈頗重，可能沒睡飽。

她和吳大樹一樣，都想從彭子惠口中確認，是否真是王顯耀將王珍芯分屍後，進行棄屍的動作。

「對，」彭子惠直截了當的回應。「他已經承認就是他在夜店對妳下藥，綁架妳，把妳脫光，然後把妳扔在農舍不管，」她頓了頓，試探的詢問：「妳現在想起來了嗎？」

關雨桐低下頭，無法看清她臉上的表情。

「我不記得了。」

「妳不對他提告嗎？」

「我不記得了。」她重複說道。

彭子惠只好轉移話題。

「妳跟李昌和……就是王顯耀，認識嗎？」

「不認識，我只知道他是轉學生。」

「他跟梁永夏的關係很好嗎？」

關雨桐的神情恍惚，聲音輕輕飄散在空氣裡。

「我沒見過像王顯耀那麼驕傲、那麼目中無人的人，他從來不跟我們說話，他看不起學校裡的任何人，因為他很優秀，他來自大城市，而我們只是鄉下人，沒見過世面，我們不配跟他說話。」

彭子惠安靜的聽她說，感覺她像陷入一種自我耽溺的氛圍裡，闖進回憶的迷宮，走不出來。

「在鎮上，大家都認識，讀同一所小學接著讀同一所中學，將來也就那樣吧，而梁永夏……大家都認識她，都知道她是雞。」她的嘴角扭曲了下。「梁永夏的爸爸媽媽可以把她賣給任何人，只要有錢，她就是這麼下賤、這麼髒，所以王顯耀就不應該轉學過來，他什麼都不懂，他不知道規矩。」

這是第二次彭子惠聽到「規矩」，她忍不住打斷她。

「妳喜歡王顯耀？」她不自覺也使用李昌和的舊名。

闕雨桐沉默不語，眼眶帶層霧。

「他看不上我，我可以接受，反正我只是鄉下的土孩子，漂亮的女孩子他見多了，我配不上他，可是我不懂，他為什麼會喜歡那個智障？」她的聲音夾雜著濃厚的恨意，美麗的臉孔毫不掩飾的流露出深藏的憤怒，積壓多年仍無法化解。「那個智障，那麼髒！她被男人玩到爛！他卻對她那麼好，我哪一點比不上那個賤貨？」她咬牙切齒，雙手克制不住的顫抖。

她拿起桌上的咖啡喝，手仍微顫著。

「所以妳提議要教訓梁永夏，可是王顯耀不喜歡妳又不是梁永夏的錯，傷害她王顯耀也不會看得起妳。」

闕雨桐放下咖啡杯，心情似乎穩定下來了。

「不是我提議的，」她淡淡地反駁。「誰提議其實也沒差，那時候想修理梁永夏的人也不只我們五個人，因為她變得很不乖。」

這讓彭子惠聯想起吳大樹的話，聯繫一起似乎直指當年事件真相，梁永夏的死亡並不是一樁失控的意外嗎？

「闕小姐，十五年前那一天到底發生什麼事？你們對梁永夏做了什麼？王顯耀說會刻意針對你們丟棄屍塊，是想懲罰你們，因為你們隱瞞了真相。真相是什麼？」

闕雨桐一聽，頓時全身僵硬，錯愕的張嘴，這發展出乎意料，她沉默好一會才開口。

「如果他知道真相，為什麼他不說？」她眼底閃爍著異樣光芒。「他不是在懲罰我們，他是在懲罰他自己。」

所以梁永夏的死亡真的有被隱瞞的真相？彭子惠原本還將李昌和吐露的訊息當成是轉移焦點的方法，現在看起來，也許真是他的動機。

「林裕文遭遇到什麼打擊，跟你們想隱瞞的真相有關嗎？」她冷靜地提出質疑。

「是我拖他下水，林裕文那時候喜歡我，他答應幫我，可是我沒想到事情會演變成……」闕雨桐頓了下，艱難地說出口：「他看起來那麼高那麼壯，其實心裡還是個小孩，我卻害他變成一個怪物。」

她撇開臉，語帶哽咽。

彭子惠暗忖，闕雨桐今天過來醫院，莫非也是來探望林裕文？

「只有這件事我沒辦法原諒我自己，檢察官，請妳別再來騷擾林裕文，別再讓他回想當年的事情，拜託妳放過他，都是我的錯。」

「到底是誰殺害梁永夏？」

「我殺的，」她直視彭子惠，眼底毫無畏懼。「我罪有應得。」

＊＊＊

彭子惠來到莊敬萱開的百元理髮店，目的不是想修剪髮型，她不想傳喚她到地檢署，只想私下聊聊，若是以客人的身分，或許她會願意打開心房說真話。

莊敬萱的理髮店就開在距離捷運站不遠的小巷子裡，彭子惠從門外往裡頭看，沒看見客人，也沒見到另外一名理髮師，可能去吃中飯了，只見莊敬萱坐在角落的椅子上，靜靜的修指甲。

彭子惠從未進過這種百元理髮店剪頭髮，在店外研究了一下，才拿出鈔票換取號碼牌。

莊敬萱一見到她上門，臉色旋即變了，但也不好趕人。

「檢察官，請妳不要影響我做生意。」她冷淡地說。

彭子惠遞出號碼牌給她。「我是客人。」

莊敬萱直率的翻白眼，收下號碼牌，要她把公事包放到旁邊櫃子裡，外套也脫下。

彭子惠坦白的說：「我不需要剪頭髮，只想買妳一點工作時間，聊一聊。」

莊敬萱噗哧一笑。

「彭檢，妳是官耶，妳傳喚我我人不到，我會被通緝耶，我很怕呢，何必玩這種花樣……」

彭子惠對她的冷嘲熱諷並不在意，倒是好奇她不像吳大樹或關雨桐，會想知道李昌和的目的。

「妳還記得王顯耀嗎？」

莊敬萱想了一下才反應過來。

「喔，對了，你們抓到那個人了，就是他殺了法官的女兒，分屍，還把一隻腳扔在我店裡……好像以前跟我讀同一所國中？我對他沒什麼印象。」

「妳知道他為什麼要針對妳嗎？」

「為什麼？」

「他說他要報仇，因為你們五個人隱瞞梁永夏死亡的真相。」

莊敬萱至此終於領會到彭子惠的來意，她露出驚訝的表情，難以置信。

「他怎麼可能知道……」但她很快頓住話語，放棄似的搖搖頭。「算了，隨便，你們抓到他就好了……」

「你們隱瞞什麼？真相是什麼？」

「我不能說。」

「梁永夏是誰殺的？妳在害怕什麼？怕誰？」

「我不能說，」莊敬萱加大音量，動怒了。「我不能說。」

兩人默默瞪視著對方，彭子惠看見她眼中那股不能妥協的意志，很難想像案件已經過了十五年，到底是什麼力量束縛著這五個人，持續保守秘密。

「關雨桐說是她殺了梁永夏，是嗎？」彭子惠試著轉移話題。

莊敬萱笑出聲。「隨便，反正都已經過去了。」

「妳說已經過去，又說妳不能說，所以妳不能說的到底是什麼？」

「我不能說。」

「闕雨桐承認她忌妒梁永夏，所以設計她，妳呢？妳也是忌妒她，才結夥傷害她嗎？」

「忌妒她？」莊敬萱撇嘴，露出一臉「受不了」的表情。「明明就是一個被操爛的賤貨，卻裝出純潔聖女的樣子，自以為是一朵白蓮花，搞笑，唬誰啊？」

她罵出一連串鄙夷的髒話，那無止盡的惡意讓彭子惠毛骨悚然，彷彿一個通往地獄的黑洞。

「是妳跟闕雨桐一起把梁永夏叫出來，想教訓她？」

「不是，我說過了，是我，我叫她出來，我早就看那婊子不順眼，而且我男人也想玩玩她……」她突然停住話語，沉默一段時間，吐口氣。「就這樣，反正沒人料到最後會變成那種情況，妳剛才說王顯耀知道真相，確定嗎？」

彭子惠點頭。

莊敬萱皺起眉頭，露出不解的表情。

「如果他知道，那時候為什麼不說出來？」

＊＊＊

最後，彭子惠仍無法從莊敬萱口中探聽出當年梁永夏死亡的真相，過了十五年，為何還難以啟齒？不能說的緣由是什麼？五個人團結起來隱瞞的背後推動力究竟是什麼？

彭子惠很想將這個執念放下，實在辦不到，也許只有一個人能給她答案，但這個人也可能是嘴巴閉得最緊的。

彭子惠和莊敬萱聊過後，隔天，她決定趁下班時間到鄭喜來所居住的大樓拜訪他。

大樓管理員只能讓她在大廳稍坐等候，等鄭喜來回來才能讓她進屋，彭子惠能理解，即便身為檢察官也不可在屋主未同意下擅自入侵住宅，除非有法院搜索票允許，她今天來純粹是私人訪問，沒有強制力。

她坐到真皮製沙發椅上，這棟大樓蓋得很氣派，磨光的花崗岩地板鋪著豪華地毯，大廳挑高，布置著昂貴的骨董、畫作和藝術裝置，感覺像進到五星級飯店。

根據大樓經營者給的數據顯示，這裡的短期住戶仍占多數，像鄭喜來這種長期租約的客戶只占總體兩成。

她凝望著窗外人行道上來來往往的下班人潮，思忖著自己近來的變化，以前她不會這樣私下來造訪案件的相關證人，她始終認為那是警方的工作，而非檢方的職責，但這案子有股奇怪的推動力。

昨夜她夢到王珍芯和梁永夏，王珍芯被切割的屍體用針線密密縫補好，如一尊破碎的瓷娃娃，赤裸著在橋墩下獨舞。

原本被綁在椅子上的梁永夏用力掙脫繩索，緩緩走近王珍芯，兩名少女伸手互相觸碰著對方的臉，彷彿面對鏡子，觀察著鏡中的自己，她們牽起彼此的手，共舞一曲無聲的華爾滋，在黑暗裡，兩具雪白的身軀是唯一的光源。

突然她們一起停下，轉頭，空洞大眼瞪視著彭子惠。

彭子惠瞬間清醒，發覺自己全身冒冷汗，臉頰濕熱，不自覺淚流滿面，淚水嘗起來鹹鹹苦苦的，胸口悶痛。

她去浴室洗臉，喚醒她的不是恐懼，而是悲傷，她望著鏡子裡的自己，暗忖，她要查明真相，不是作為檢察官的職責，而是一個人的良心驅動著她。

所以她決定來到這裡找鄭喜來。

彭子惠從七點半一直等到將近九點，才看見鄭喜來拖著沉重的腳步走進大樓，他手提名牌公事包，一身高級訂製西裝，腳穿上等真皮皮鞋，卻沒有一點意氣風發的氣勢，相反的，像一具被榨乾的人屍。

他很驚訝會看見彭子惠，卻又像對她的到來也了然於心，沒有多問理由就讓她進他家，他跟大樓管理員打聲招呼，管理員給彭子惠一張訪客證，兩人一起進電梯上樓。

彭子惠盯著最上方的樓層顯示燈號，想起他住在十四樓，而那天根據管理員的說詞，這電梯有短暫的故障，同時十三、十四以及十五層樓的監視器同時受到干擾，全部黑幕。

李昌和已經坦承，他事先租了十三樓的某房間三天，觀察好情勢後，在離開的最後一天動手，帶著屍塊和假人模特兒潛入鄭喜來房間。

他早就持續觀察著鄭喜來的生活作息，至少一年以上，模擬著如何進行他的棄屍計畫，說不定之前也住進過這棟大樓。

彭子惠已經理解，在李昌和的計畫裡，王珍芯的死亡是必然的，分屍也是必然，問題在於動手的時間點。

從他在家裡所做的縝密布置，或許他每一天都在腦內模擬如何接近王珍芯，如何殺害她，如何分屍，如何棄屍，每一步都在他的精心設計裡，這當中自然包括無懈可擊的不在場證明，她深信，殺害王珍芯的兇手除了李昌和，別無他人，可究竟該如何破解他的不在場證明？他真的有共犯嗎？會是誰？

彭子惠瞅著鄭喜來的背影，深色西裝的質感極好，他的身形卻過於瘦削，撐不起來，感覺肩膀似乎壓了千斤重擔。

十四樓一到，他們一起走出電梯，直達鄭喜來所住的１４０８號房間，他拿出晶片房門卡開門。

李昌和對開鎖研究得很徹底，自從一年半前他離職，投入所有時間去學習、去研究怎麼破解門鎖、怎麼破壞監視器，去跟監，非常有毅力。

李秀枝科長徹底搜查他家之後，幾乎佩服地做出結論，雖然她也不懂究竟是什麼在支撐著這麼強大的意志。

他毫無動搖，毫不後悔，事前準備充分，計畫周詳，穩步進行，不慌不忙。

彭子惠好奇在李昌和腦子裡構築的藍圖究竟是什麼？

他們確定已經看到全貌了嗎？

她想到出神，直到聽見鄭喜來的呼喚聲才反應過來。

「彭檢，妳想喝什麼？」

她愣了幾秒，回道：「我都可以。」

「我想喝杯酒，妳可以嗎？」

「好。」

反正她不開車回家，喝點酒無所謂。

鄭喜來走向旁邊的開放式廚房，那裡有個酒櫃。

彭子惠獨自坐到沙發上，環顧四周的布置，就像一般的飯店客房，整體很乾淨，或許鄭喜來選擇住這裡，就是為了有清潔人員會負責打掃、送洗衣物吧，他平常太忙了，根本沒空打理生活事務。

鄭喜來手上拿著兩個酒杯，盛裝著一半的紅色晶瑩液體，她接過其中一只酒杯，啜了口紅酒，酒精緩緩滑入胃裡，果香瞬間醒腦。

鄭喜來凝望著她，微笑，一口氣喝光酒杯裡的酒，將杯子擱到旁邊桌上。

他坐到她面前，瞇起眼，表情認真。

「我想知道他說了什麼。」他問道。

彭子惠清楚鄭喜來想知道的「他」指誰，可是她親自來找他也是為了得到答案。

「先回答我一個問題，你們五個人一直都有聯繫，對吧？」

鄭喜來沒有承認，也沒有否認，只是沉默。

根據這段時間的訪談，彭子惠已經大致猜出，吳大樹、關雨桐、林裕文、莊敬萱以及鄭喜來這五人雖然面對警方時都供稱互相沒聯絡，實際上，他們始終私下互相交換情報。

這也是為何他們總能知道警方想問什麼、檢方想問什麼，全部事前準備好統一說詞，關雨桐因此得知林裕文精神崩潰住院，所有一切都不是巧合，他們有備而來。

「我想知道你們五個人商量好了嗎？願不願意讓我知道真相？莊敬萱跟我說她不能說，表示她有顧慮，不是為她自己，那麼就是顧慮你們四個人，所以你有顧慮嗎？」

「妳為什麼想知道？妳手上辦的案子的受害者是王珍芯，和我們有什麼關係？」

「因為你們案子的真相可能是李昌和的殺人動機。」她頓了頓，接續補充：「我想你已經知道李昌和就是你認識的王顯耀，他和梁永夏曾經是朋友，他會盯上你們，是為了幫梁永夏報仇，他認為你們沒有說出真相。」

「是嗎?他真的這樣說?」

「我沒必要騙你。」

鄭喜來輕輕笑出聲,聲音帶著一點得意。

他驀地起身,走向廚房,回來時手上多了一瓶紅酒。

「我想再喝一點。」

她看著他倒滿一酒杯,接著一飲而盡,原本臉上疲憊的神情褪去,換上愉悅的笑容,似乎很享受此時此刻。

「我們付出了代價,他才剛開始。」他直視她的眼睛說。

彭子惠想問他這話意指什麼,鄭喜來卻接著轉移話題。

「在王顯耀轉來我念的那一班之前,我是全校第一名,沒有人比我還會念書,我在鎮上沒有對手。可是他一來,我永遠都是第二名,他不需要花多少時間讀書就比我強,樣樣都比我強,我從他身上學到一句話叫『人外有人』。我不忌妒他,我甚至想跟他交朋友,可是他從來不讓我們接近,我們在他眼裡就是透明人。他瞧不起那座小鎮、那所學校,他瞧不起所有鎮民,可是他竟然跟鎮上出名的智障走在一起。」

他發出一種慘烈的笑聲，彭子惠懷疑他是不是喝醉了？

「我知道他是怪人，但我真沒想到……梁永夏最後是那個下場，王顥耀要負最大責任。」

「什麼意思？是他殺人嗎？」

「他不用動刀，是他的無知害死梁永夏。」

他的神情漠然，彭子惠突然領會到，或許鄭喜來並非被逼迫，他是主動參與誘拐和傷害梁永夏，可是為什麼？

「彭檢，我會告訴妳案件真相，妳可能無法相信，那已經超出法律能管轄的範圍。」他又幫自己倒滿一杯酒，喝下，眼睛裡有股堅定的光芒。

「妳準備好聽我說了嗎？」

5

張超一走進郵局，一樓是郵務部門，不少民眾拿著大包小包的包裹或信件在等候叫號。

黃進民就坐在門邊的一張辦公桌後方，正和一名同為義工的長者聊天。

他現年六十二歲，一頭白髮梳理整齊，穿著休閒格子襯衫和長褲，頗有書卷氣息，兩年前從少年調查官的職位退休後，他持續到醫院、學校或公務機關擔任義工，一刻也停不下來，昨日接到張超一的電話，他二話不說就答應和他聊一聊梁永夏一案。

他們約在郵局見面，黃進民正好和同仁交接時段，準備去吃中飯，張超一上前打招呼，表明身分後，兩人一起離開郵局，黃進民帶他去附近一間餐館吃飯。

張超一已經事先調查過，十五年前，梁永夏一案是由黃進民擔任少年調查官，負責蒐集及調查五名犯罪少年的背景資料，之後才移交給檢察官。

由於是中午時段，餐廳坐了滿滿的客人，兩人坐到最裡面的位子，叫了兩盤排骨飯，在等餐的過程中，黃進民邊喝茶邊感慨的聊起過去。

「當年我去考少年調查官，就是想幫助那些誤入歧途的孩子，我一直認為那種年紀的孩子，不可能有多壞，他們只是欠缺教育，欠缺好的環境，欠缺可以指引他們走向正確道路的大人，總之我不相信那種年紀的孩子會做什麼傷天害理的壞事。」

張超一倒是不認為人的惡意和年齡有關，但年齡確實可能限制住人的惡意所能發揮的手段。

「你還記得對吳大樹那五個人的初步印象嗎？」

「喔，當然記得，想忘也忘不了他們，」黃進民停頓下來，像在斟酌適合的用詞。「他們不正常。」

黃進民初期努力地和五名少年犯的親屬接觸溝通，希望能藉由家庭讓他們敞開心房，但五人的家庭狀況迴異，問題多多。

吳大樹的雙親下落不明，他打從出生後就由祖父祖母撫養，隔代教養問題多，兩個老人管不動孫子，上警局、去學校輔導室是家常便飯，他們習慣性先道歉，可實際上拿不出辦法教孫子，學校老師也幫不了忙，這次事情鬧大到要坐牢，他們茫然無助。

而吳大樹本人，黃進民對他的初步接觸印象，他麻木地接受一切，這其實很反常。

「我和他的班導師談過，吳大樹本人的性格很衝很偏激，性子剛烈，但對於梁永夏的案子，他沒有任何抵抗，乖乖認命，承認一切的指控，他的老師也覺得很不像平常的他。」

「也許吳大樹早就知道警察會找上門，事先準備好說詞？」

「有可能。」

關雨桐是單親家庭，由母親一手帶大，母女感情很深，關母在鎮上開了一家牛肉麵店，生意興隆，關雨桐雖然不愛念書，倒也沒闖出過大禍，她的班導師認為她不太可能會做出殺人舉動，何況她和梁永夏幾乎沒往來。

「關雨桐的母親很難過，她不信女兒會殺人，說要聘請最好的律師幫女兒辯護，不管要花多少錢都沒關係，而且願意賠償梁家一大筆錢，只要他們願意和解。」

「關雨桐承認殺人？」

「對，」黃進民苦笑。「而且她的證詞和吳大樹的證詞一模一樣。」

林裕文的狀況比較麻煩，他的精神崩潰了。

他的雙親表示，案發當晚他一回家就突然發高燒，原因不明，雖然看過醫生，吃了退燒藥，他的腦袋還是一樣發燙。

醫生告知他們這引起的緣由恐怕是心因性的而非生理性的，是孩子們逃避現實處境的一種手段，並不是身體真的出問題。

無論如何在那時候，林裕文無法應訊，他的雙親則堅定的相信他們的兒子絕對不可能殺人，他的班導師也表示，林裕文的塊頭大，長得像頭熊，心思倒是很細膩，性格敏感，雖然傳出過打架鬥毆事件，但他從來沒有欺負過女生，難以相信他會對梁永夏下毒手。

「梁永夏身上有採集到他的精液嗎？」

黃進民嘆息一聲，點頭。

其他四名未成年罪犯也都一口咬定林裕文有參與強暴和虐殺梁永夏的行徑。

由於他們犯案後，隔天下了一場雨，現場跡證都被雨水和附近的野狗破壞殆盡，汙染得很嚴重，但梁永夏的屍體被綑綁在椅子上，擺在橋墩下，躲過那場雨，她身上所受到的凌虐遺留的傷痕、毛髮皮屑以及精液都被完整保留下來。

此外，檢察官只能依賴犯罪者的自白決定起訴的罪名。

「旁邊是一條河，為什麼他們不把梁永夏的屍體直接扔進河裡？」

張超一不得不質疑刻意留下證據的痕跡太明顯。

「畢竟是幾個小孩，闖禍了就只知道逃跑，爛攤子留給大人來處理。」

可是他們之中明明就有一個成年人，張超一暗忖著，在那當下朱立龍可能的反應。

黃進民接著說莊敬萱的情況，她是他們幾個孩子當中最年長的，雖然也只大了幾個月，她的男女交往關係複雜，來往的都是成年男子，有傳聞她被包養，還有金主供應她的生活。

她的生父因為詐騙被抓去關，生母有毒癮，老是換同居人，莊敬萱不喜歡回家，她的班導師表示她常常翹家翹課，缺席天數差點不能畢業，卻沒有人能管得動她，她在學校裡唯一的朋友就是闕雨桐。

「這樣聽起來，她跟梁永夏毫無交集，誘拐她又凌虐她的動機是什麼？」

「她的說詞跟吳大樹還有闕雨桐一致，就是看梁永夏不順眼，把她叫出來想教訓她，不小心出手太重，才打死她。」

「你相信嗎？」

黃進民再一次苦笑出聲。

「青春期的孩子只有一種情況下會說出同樣的話，」他頓了頓，無奈地說：「背課文。」

鄭喜來是五名少年犯中的異類，他的學業成績優異，是資優生，其他領域的表現也不錯，屬於全能型學生，父母都是公務員，還有一個哥哥，在台北讀大學，家境不錯。

那天警察去他家逮捕他，鄭喜來的母親當場暈厥，難以置信，他的班導師也無法接受他會殺人，表明他不可能跟一群後段班學生混在一起，根本不是同一路人，他也不認識梁永夏，鄭喜來身邊的人的反應都比他本人還強烈。

「鄭喜來承認有罪？」

「對。」

「他有解釋動機嗎？」

「他的說詞跟其他幾個孩子一模一樣。」

「你跟他私下談過嗎？」

「我告訴他如果被脅迫，不用怕，我可以保護他，我希望他能說實話。」

「他的反應呢？」

「他說沒有人可以保護我。」

兩人一陣沉默，此時剛好店員送上兩盤排骨飯，他們安靜地吃著，彷彿這是此時唯一需要專心的事。

「這案子怎麼看都是那個朱立龍起頭，」黃進民忍不住開口。「他是唯一的大人，又有前科，其他幾個孩子根本不敢反抗他，才會乖乖聽話，他去自首也是為了故意把他們全扯進來，幫他減輕罪責。」

五名青少年的口供一致，很難不懷疑事先已經套好，有人在背後唆使，問題是沒有證據。

「檢方也很頭痛，那時候還沒有修法，朱立龍雖然是成年人，作為少年犯罪事件的共犯，會一起在少年法院受審，那時候如果能有一個孩子翻供，或許結局會不一樣。」

如果朱立龍真的在背後操控他們，是用什麼方法讓五名孩子如此團結？

吃飽後，兩人一起走出餐館，張超一還有一個重要的問題想問他。

「那時候有沒有一個叫做王顯耀的少年去找過你？」

黃進民皺起眉頭，似乎是第一次聽到這名字。

「王顯耀是誰？」

「他跟那五個孩子讀同一所學校，也是梁永夏的朋友。」

「梁永夏有朋友？」黃進民很驚訝。「我不知道，我聽說她的名聲不太好。」

張超一想起李昌和所說的報復，他知道多少？如果他真的清楚事件真相，當年為何不出面？

「假設當時有第三者目擊案件，你認為這案子會怎麼判？」

「張檢，這你應該比我內行。」

「我想聽你的意見。」

「如果真的有一個目擊者，那要看那個目擊者看到什麼？這個第三者的證詞符不符合現場殘留的證據？和其他人的證詞有無矛盾之處？當然如果那個人出面，情勢有可能逆轉，也就是五個孩子當中，也許會有一個甚至兩個會願意說出真話。」

意即，那個第三者可能成為破壞團結的關鍵因素，策反成功，判決結果可能截然不同。

不過這些都是假設，事實上若是法官不採用目擊者的證詞，還是會維持原判，關鍵仍在於五名少年犯有沒有人願意說真話。

「黃先生，你相信是那幾個孩子殺了梁永夏嗎？他們是犯人嗎？」

「我到現在還是不相信，」他慨歎的搖頭。「如果你當時跟他們說過話就知道了，他們全都嚇壞了。」

***

李昌和的老家不在小鎮熱鬧的街上，而是在一條僻靜的巷子裡，三間日式老屋連接著，其中一間是作為他外公李永輝的診所。

李永輝是鎮上著名的牙醫，曾經還是唯一的醫生，幾乎每個小鎮鎮民不論大大小小都給他看過牙齒。

兩年前李永輝過世後，遺囑裡寫明讓李昌和繼承所有遺產，包括這棟木製老建築，李昌和的母親多年前再嫁，之後定居國外，已經很久沒回國。

根據鄰居所言，李昌和在他外公離世以後，曾經住過一段時間，大概一年半前就很少回來，老房子已經荒蕪，曾有建商跟他開高價要買地買房，他一概拒絕。

張超一已經申請搜索票，讓警方的鑑識人員能進去老屋裡搜查、採集證據，然而屋內的家具都蓋上一層防水布、蒙上灰塵，看起來長久無人進屋過。

整棟房子的房間很多，只有一個房間還有在使用，似乎是李昌和的臥房，但裡頭的家具也很簡單，就是一張床、一個衣櫃、一套書桌椅和一個小冰箱，更像是一個睡覺的地方。

這裡的水電費仍持續繳付，沒有斷水斷電，張超一揣想，或許李昌和潛入陳尚川的紀念館，熬夜工作後，偶爾會來他祖父的老家休息。

張超一在屋裡頭走遍每一個房間，逐一逗留片刻，他感覺像闖入一座墳墓，瀰漫著腐朽的氣息，這裡沒有生氣，沒有回憶，殘存著的是一種執念，那執念讓李昌和不願賣掉這房子。

鑑識人員沒有找到可用的生物性跡證，這不出張超一所料，不過倒是在李昌和的房間裡掃到木屑，應該和假人模特兒所用的木材吻合，還需進一步鑑定。

這部分李昌和自己已經坦承，他親手雕刻那些假人模特兒，利用陳尚川紀念館裡的那些工具製成。

他可以用自己的工具，為何非要使用過世老師用過的工具？

張超一總感覺這其中別有意涵，可惜，李昌和不可能說明白。

他說了很多，但實際上分析起來他什麼也沒說，只是幫警方證實他們所查到的東西，而中間那一大段空白，他全盤否認。

目前檢方只能證明他移動屍體且分屍，其餘的，沒有他殺人的直接證據。

但恐怕檢方最後還是會以殺人罪起訴他，張超一揣度著，這種大案子，社會太迫切需要一個答案，是真是假其實大眾並不太在乎，只要知道抓到兇手即可。

他心裡有不祥預感。

張超一思考著時間線，李昌和的木工老師陳尚川在兩年前因病過世，過一個月，他的外公李永輝過世。

生命中兩個重要的人接連離開，他在這棟屋子裡住了半年，然後離職，決定搬去現在居住的那棟屋子，表面說要準備公職，實際上則開始監視吳大樹那五人，以及王正邦王珍芯父女，他甚至去王珍芯就讀的補習班兼職，逐步接近她。

張超一贊同彭子惠的推測，王珍芯的死亡是必然的，問題是，過了那麼多年之後，是什麼觸發他採取行動，進行這個謀殺計畫？

他找了張椅子坐下，從外套的內袋掏出慣用的小記事本和原子筆，仔細寫下目前整理出來的思路。

兩年前，也就是2016年7月陳尚川師傅過世，過了一個月後，2016年8月李昌和的外公李永輝過世，他繼承這棟屋子。

張超一翻到記事本的前幾頁，思考後又寫下，朱立龍於2016年10月失蹤。

接著，李昌和在2017年3月離職，搬到現居，並且開始去補習班兼職，之後就很少回來這棟老屋。

張超一想了想，又加上一行字——陳尚川紀念館於2017年2月正式啟用，對外開放。

他反覆思考，總覺得這其中有個結需要打開，問題是找不到那個結點。張超一在鎮上逗留數日，去遍每一個角落，試著和鎮民攀談，大多數鎮民都對梁永夏一案避諱不願多說。

事實上他自己都不知道在追尋什麼，直覺引領著他，卻無法說出所以然。上司催著他回台北，積案太多需要消化，況且這案子已經有結果，要準備第一次開庭，他心中也有底，可是沒解開那個結，他實在無法放棄。

李昌和在那棟位於河畔的三層樓房內，布置著殺人計畫，他還邀請補習班的學生們過去玩，一點都不怕會被發現，甚至連王珍芯都去了，或許那也在他的計畫內，讓王珍芯得知他的住處，挑撥離間父女關係，讓王珍芯依賴他、信賴他，藉著這份信任感誘拐她，成為他的獵物，最後加以殺害。

在那樣明亮的空間內，藏匿著陰暗的惡意，卻無人察覺，王珍芯沒有察覺到那股殺氣，他也沒有。

這樣的推斷很合理，應該也是目前張超一的同仁們要走的方向，去填補沒有找到殺人直接證據的解釋空間，李昌和有足夠動機，有實行的手段，重點是找不到其他嫌疑犯，這讓所謂的不在場證明變得很薄弱，畢竟只是幾個小時的誤差，光靠這一點難以說明他的清白，而且發現屋內有屍體後不報警，已經讓他的可信度降到低點。

不過，就是有說不通的地方。

張超一走進一條老街，兩旁都是販售木工藝品的商店，有大型的裝置藝術，也有各種木製家具或小的擺飾。

他曾經想和一些木工師傅聊聊，卻發現在商店裡的都是老闆或店員，沒有人親手製作這些商品，這裡是賣東西的，而不是創造東西的。

這座以木雕聞名的小鎮，如今已經沒剩下多少木工師傅，傳統產業逐漸凋零。

在街尾有一間木工教室，他打聽過那位年輕的木工師傅名叫尤忠涵，有開班授課，他事先打電話聯繫，謊稱是雜誌社記者想採訪他，對方很樂意讓他過來工作室參觀。

木工教室蓋在一棟老房子，二樓還搭蓋鐵皮屋，旁邊有樓梯可以上去，張超一在預定的時間抵達，一樓走廊地上鋪著木板，分隔著兩個房間，一間放置著桌椅和黑板，門上寫著第一教室，另一間則比較寬敞，放置各種大型機具和未完成的木雕工藝作品。

兩間教室的門都鎖著，從窗戶望進去，空無一人。

「你是張超一先生？」一名年紀約三十歲的男人從旁邊樓梯走下來，頭戴鴨舌帽，身材很瘦。

張超一點點頭，對方熱情的招呼他，掏出一張名片遞給他。

「你好，我是尤忠涵，叫我小尤就行，歡迎你。」他拿鎖打開第一教室的門，打開後，直接走進去。

「請先坐，我去泡茶。」

他摘下帽子，直接去旁邊的茶水間泡茶。

張超一獨自在教室裡閒晃。

教室目測大概十五坪左右，擺了幾張摺疊椅，還有一張大桌子，黑板上用白色粉筆畫著草圖，像是詳細說明如何雕刻一隻貓頭鷹的過程。

牆邊的櫃子上擺著一些小型動物雕刻的作品，還有一些雕刻刀的工具放在玻璃櫃內，牆壁上則掛著得獎的獎章，裱好框，另外就是和學生們的大合照。

他仔細看著那幾張照片，其中一張照片瞬間吸引他的注意力，他凝望著裡頭的每一張臉，確實是他之前見過的那一張照片。

這是巧合，或是命運？

此時，尤忠涵正好拿著兩杯熱茶過來，他將茶杯放在桌上，走到張超一身邊開始閒聊，自我介紹自己的學經歷，以及掛在牆壁上那些獎章。

放在櫃子上的都是他本人的作品，是一些小型雕刻，像是栩栩如生的小貓、小狗，刀觸細膩的浮雕，以及一個很精緻的俄羅斯娃娃，大概就張超一的拳頭大小。

尤忠涵很得意地向他展示這個得獎作品，外型漆著紅黑色調，極富有光澤，輕輕打開後，裡頭藏著另一個一模一樣的娃娃，一個接一個，共有五具娃娃從大到小排排站著。

這些娃娃的木片材質薄如貝殼，尤忠涵說是桐木，運用圓口刀和手口刀在木片上仔細的雕刻出紋路，最後再上漆。

張超一盯著那五個俄羅斯娃娃，邊聆聽著尤忠涵講述詳細的製作過程，心底像有什麼被觸動了，各種思緒在腦子裡激盪。

尤忠涵把五個娃娃一一歸回，裝好後又組成原來一個大娃娃，放回櫃子上。

他接著介紹放在玻璃櫃裡的工具，像是剛剛說的雕刻刀，根據不同需求會使用不同的刀子，還有切割大塊木頭得運用電鋸或者帶鋸機等，大型工具放置在隔壁的工作室內，另外一些周邊用具也很重要，像是木框，可以集中清掃木屑，刀尖也要常常使用磨刀石磨利，就連用來固定螺絲的螺絲起子都不能怠慢，必須記得保養。

「我的恩師說過，工具就像另一隻手，會越用越靈活，『工欲善其事，必先利其器』，在開始創作之前，挑選適合自己的工具是最基礎也是最重要的準備。」

「你的恩師是陳尚川師傅嗎？」

尤忠涵露出驚訝的表情，畢竟他根本沒提過陳尚川的大名。

直到這時，張超一才對他坦承自己的身分，他不是記者，而是檢察官，來這座小鎮是為了查案，也就是十五年前的梁永夏一案。

他剛才看到牆上掛的那幅大合照，這才得知他也是陳尚川師傅當年教過的學生之一，或許可以提供一些有用的訊息。

「原來你就是最近在鎮上打聽消息的檢察官？」尤忠涵苦笑。「事情已經過去那麼久，還有必要舊事重提嗎？」

「你知道最近發生在台北那件法官女兒被分屍的命案嗎？」

尤忠涵遲疑幾秒鐘才點頭。

「主嫌李昌和也就是王顯耀，他聲稱會犯下這件案子是為了幫梁永夏報仇，你曾經跟他們待過同一個社團，你有什麼想法？」

尤忠涵不發一語，走到大桌子旁，拿起一杯茶慢慢喝著，他的眼睛無神的凝望著前方，之後他放下茶杯，右手食指在桌沿敲了幾下。

「既然你問我的想法，我老實告訴你，梁永夏認識王顯耀是她的不幸。」

「我以為他們是朋友？」

「朋友？」尤忠涵露出嘲諷的表情。「什麼是朋友？」他停頓幾秒才說下去。「梁永夏很可憐，沒錯，她是那種你叫她做什麼，她不會質疑，會乖乖照做的傻子。她不懂反抗，鎮上所有人都知道她是一個漂亮的傻子，但不是所有人都會強迫她做她不喜歡的事，她本來就是一個很特別的存在，可是自從她認識王顯耀以後就不一樣了，他教她要反抗，不要讓人予取予求，要保護自己……」

張超一皺起眉頭。「你責怪王顯耀，因為他教梁永夏要保護自己嗎？你認為他做錯了？」

「檢察官，這不是對錯的問題，如果你無法對某個人的人生負責，就不要自大的想當英雄，想解救別人的人生，梁永夏根本沒有辦法保護自己，他告訴她要保護自己，這不就是出一張嘴？」尤忠涵邊說著，眼眶紅了。

「你覺得梁永夏繼續活著會比較幸福？」

「我只知道她死得非常慘……」

張超一思忖著「保護」這兩個字，鄭喜來也對黃進民說過，沒有人可以保護他。

「尤先生，我知道你現在心情很難受，但我有一些專業問題需要請教你……」

＊＊＊

張超一離開尤忠涵的工作室，心底對他感到些許抱歉，他不是故意讓他回憶起過去的不愉快，激起那些悲傷的情緒，只是基於職責不得不如此。

從剛才的談話，他終於找到結點，但是不是正確的結點，還需要李秀枝的專業協助。

或許他們可以一起合作打開死結，找到答案。

6

雷進坐在辦公桌前，專心用電腦看監視錄影帶的影像。

兩年前，朱立龍開車進去一家大賣場的地下停車場，之後就徹底失去蹤跡。

確切的說，那天是２０１６年10月3日，就監視器影像記錄時間，他的車在下午3點12分開進停車場。

根據他的同居人謝薇薇當年所做筆錄，他是在當天中午12點過後離家，表示要去家附近一間大賣場買東西並且見一個朋友。

那間賣場共有七層，包括地下兩層和地上五層樓，最底下那層樓是停車場，專供給客人使用，從早上十點開放到晚上十點，賣場停止營業後管理員會清空停車場，若還有車會通知車主，或者請拖吊車過來處理。

也就是如果某人襲擊朱立龍並綁架他，那個人很有可能提前去地下停車場埋伏，並在下午3點12分等到朱立龍後，伺機開車離去。

但為何現場毫無朱立龍打鬥反抗痕跡？

停車場雖大，卻沒有任何車主目擊或聽聞到反擊聲，雷進實在無法接受。

朱立龍所有私人物品包括皮夾、手機和車鑰匙都留在副駕駛座上，車門也沒鎖，唯一不見的就是他本人。

由於謝薇薇打電話一直找不到人，報警後，警方是透過手機定位找到他的車，車子沒有安裝定位追蹤系統，行車紀錄器則關著，鑑識人員查扣這輛車之後，發現紀錄器的影像都被刪除了。

地下停車場架設有八台監視攝影機，除了四個角落，車子的出入口各一台，另外有兩台電梯通往上面樓層，那裡則裝有兩台攝影機。

警方查扣當天大賣場內所有攝影機的影像，不只地下停車場，大賣場內的影像也統統保留，轉錄檔案，拷貝成光碟備份，以備萬一。

停車場入口處那台攝影機有拍到朱立龍的車進來賣場，抵達地下二樓後，架設在東北方的攝影機和西北方的攝影機都有拍到他的車經過，最後他停車的位置並沒有攝影鏡頭拍攝，究竟發生何事無人得知。

雷進不相信朱立龍那麼狡猾的人會毫無防備，對方是個老朋友，還有合作可能，他的失蹤是不是某個計畫的一部分？

或者他被綁架？

或者他已經死亡？

任何可能性都存在，也代表目前毫無頭緒。

他也不相信朱立龍是那種乖乖配合、能安靜兩年不出現的性格。

有一個推測是朱立龍也許下車後，搭乘別台車離開，但是私人物品統統放在車上就讓人匪夷所思，連車子都沒鎖，被綁架的可能性還高點。

兩台設置在電梯的監視攝影機並沒有拍攝到朱立龍上樓的畫面，要離開停車場有兩個方法，一個是搭電梯上去賣場，從一樓的大門口離開，另一個就是從停車場的出入口。

停車場出入口除了監視器，還有設置一名管理員全天守候，該管理員保證只能開車或騎車離開，通道因安全顧慮不允許外人行走。

五名警員檢查過當天地下一樓至地上五層樓賣場裡所有監視器畫面，包括員工專用通道，這是一個大工程，他們花了一整天時間在搜尋有無朱立龍的蹤跡，仍是一無所獲。

朱立龍究竟去了哪裡？要見誰？

他就這樣無緣無故、無聲無息地消失，像人間蒸發。

雷進不由自主想起王珍芯，她也是一樣，走下公車後，不知道她的目的地，是不是要去見誰，最後去了哪裡？

她就這樣失去音訊，再出現時已經是一具被切割的屍體。

朱立龍現在還活著嗎？或者他的失蹤是某個計畫的起頭？

這觸發雷進聯想到某條思路，他趕忙從旁邊的書架裡抽出一本筆記本，那是每次和張檢他們開簡報會議時，他所做的筆記。

他看著自己寫下的幾句話——

王珍芯的死亡是必要的，她注定會死，李昌和模擬過很多次，到陳尚川的工作室進行分屍，接著依序到吳大樹那五人身邊棄屍……

不對，雷進直覺他們搞錯時間點，在李昌和開始接近王珍芯之前，他的計畫就已經開始了，朱立龍才是起點。

問題是朱立龍扮演什麼角色？

他怎麼會和李昌和牽扯在一起？

朱立龍那天和謝薇薇說要見面的老朋友，指的就是李昌和嗎？

雷進考慮到另一種可能性，或許從一開始開車進去大賣場停車場的另有其人，並非朱立龍本人，因為攝影機並沒有拍到開車的車主，光線很暗，影像模糊，只能勉強分辨出車的型號和車牌，即便警方資訊人員運用後期處理也無能為力。

實際上大家只看到朱立龍的車，看到他的私人物品，卻沒有看到他本人。

如果他的推測正確，那麼朱立龍在離開他家，到車子進大賣場這將近三小時期間，已經在其他處被襲擊被綁架，而開車過來的人，將朱立龍的私人物品全部留置在車內，關上車門後，從電梯進賣場，接著從大門口離開。

警員們努力搜索朱立龍的身影，而完全忽視掉另一個人的可能性，關鍵在於他們完全無法聯想那另一個人會是誰。

雷進專注觀察從下午三點到晚間十點賣場關門前，那兩座地下停車場的電梯進出人口，他在思考李昌和是否會混在人群裡？

當然還有一種可能，就是共犯，多人共同犯罪，最可能以強悍手段或者用槍威脅朱立龍下車，跟他們走。

之前警員們已經清查過當天進出過賣場共有五百多輛車，一一比對車牌，並且詢問車主，花了不少時間查證，仍找不到可疑人物，沒有人和朱立龍有瓜葛，只是單純來購物的客人。

此外他們也詳查設置在一樓大門的兩台攝影機影像，是否有匆忙離開的可疑人物，不僅沒看到朱立龍，也沒發現有人出現怪異舉動。

雷進努力在影像裡尋找與李昌和相似的身影，卻同時發現自己陷入一種判斷的謬誤，他已經心有定見，就不可能客觀，即便有其他可疑人物，也會因為不像李昌和而被他排除，可事實上他並沒有李昌和和朱立龍有牽扯的直接證據，他反而是想在這裡找出證據支持他的論點，只要看到有點像李昌和的人，就會覺得正是他本人，可實際上只是為了符合他的推論。

先前他去調查過吳大樹那五個人，在朱立龍失蹤當天的行程，有沒有可能和朱立龍見面，可惜的是五個人那天都忙於工作或私事，沒人和朱立龍聯絡過，甚至對於聽到那名字非常反感。

他一直在想「老朋友」這三個字的意涵，那五個人對朱立龍來說是老朋友嗎？或者和他們實際所揣測的意思相反，那並非朋友，而是一個和過去有牽扯的幽靈？

他又不自覺聯想起李昌和，對朱立龍來說，他認識李昌和嗎？

當年的王顯耀和吳大樹等五人並無來往，朱立龍是一個成年外校人士，因為莊敬萱才和這個案子扯上關係，李昌和會知道他，也是因為梁永夏一案，聯繫兩人的是梁永夏，那麼不論對李昌和或對朱立龍而言，對方都稱不上朋友，而是敵對關係。

朱立龍說的那句合作就更意味不明了，兩個稱不上「朋友」的人能合作什麼？或者只是李昌和引誘朱立龍的一個手段？

雷進關掉電腦，將手邊相關案子文件都闔起來，擱到架上，讓書桌淨空。

他站起身，走到窗邊讓腦子放輕鬆，毫無證據支持下他已經主動推測是李昌和誘拐且綁架朱立龍，如此主觀的推論根深蒂固，他有可能是對的，但更可能是走往錯誤的路還一路向前。

下次簡報會議他想聽聽其他人的意見，這時他猛然想起今天是李昌和那案子的初次開庭日，檢察官會確切向法庭提出指控的罪名，然後再訂下次的開庭日。

他正想離開辦公室，去問問初審到目前的狀況，以及李昌和是否仍堅稱未殺人，他的手機突然嘟嘟兩聲，他們組裡的LINE群有動靜。

某個組員傳了句——

不得了，出大事了！

接著附上一個網址。

雷進只考慮兩秒，迅速點下去，連結到一個視訊網站。

他正懷疑該不會是連到哪個成人色情網，然而出來的影像讓他驚愕得張嘴，腦袋一片空白，他沒想到會看到這一幕。

影片裡，王正邦的雙手緊掐住女兒王珍芯的喉嚨，怒吼：「妳去死，去死！」

第四部　合

那天夜裡，陳師傅剛吃過晚飯，到工作室畫草圖，少年A來找他。

他看起來狀態很糟，臉色發白，眼神空洞，腳步顫抖，一踏進陳師傅的工作室，整個人蜷縮在角落，一句話也不說。

陳師傅得知少年A已經考上台北的高中，暑假過後就會回台北，和母親同住，他今天正準備和少女B見面，告別，難道發生什麼事？

他關心的詢問少年A，初始，少年A不發一語，之後他一再勸說才決定開口。

少年A說他看見少女B被殺害。

他們原本約好要見面，但少女B被一群人押走了，他不認識開車那個男人，另外五個人和他年紀差不多，應該都是同校生，他只認識同班的鄭喜來，以及關雨桐，他常常去關母開的麵店吃牛肉麵，偶爾會碰到她。

他們強擄少女B上車。

少年A不明所以，只能騎單車追上去，好不容易在河邊找到那輛車，發現那群人把少女B押到橋墩下，而且那個男人正在強暴少女B，其他五人在旁邊圍觀。

少女B很用力的掙扎，反抗，哭叫，少年A正打算去找人過來幫忙制止，意外發生了。

少年A這時渾身發抖，牙齒打顫，貌似說不下去。

陳師傅忍不住擔心的追問：「什麼意外？」

那個男人突然拿起一塊大石頭，他說，猛砸少女B的頭，一直打，一直打，打到她安靜為止，男人強上她，身體一直抽動，結束後，少女B已經斷氣了。

陳師傅震驚的問道：「你確定她真的死了？」

少年A眼眶含淚，點頭。

他聽見那個男人很大聲的警告其他人不准離開，誰敢走就一起宰掉他們的家人，大家都很害怕，少年A也很怕，那個男人已經殺死少女B，不在乎多殺幾個人。

那個男人把少女B的衣服脫光，綁在一張廢棄的摺疊椅上，要其他人輪流用石頭砸她，還要狠狠踹她，留下鞋印。

大家不敢反抗，只能照做。

聽至此，對這暴行陳師傅啞口無言，沒有想到，少年Ａ又輕聲說了句。
「他們還姦屍。」他痛哭出聲，不知是在懊悔沒有及時出手制止，或者在懊悔不該躲在那裡看完整段凌虐過程。
陳師傅感到一陣天旋地轉，簡直要暈過去。
「老師，我該怎麼辦？」他哭著問他。「我好怕，你可不可以陪我去警察局？」
「你想報警？」
少年Ａ點點頭，好像那是理所當然的事，但他卻選擇先來這裡。
陳師傅第一次感到恐慌，他明白少年Ａ的來意，他只信任他，依賴他，他需要支持，他凝視著他的眼睛充滿無助，懇求著。
陳師傅被困住了。
眼前他有兩條路，一條路是握住少年Ａ的手，陪他去警局，說出一切真相，另一條路是放開他的手，讓他獨自面對此時此刻的恐怖經歷。
他的額頭冒出冷汗，不論哪條路都是煎熬，這瞬間的抉擇將牽動一名少年的人生。
「你是大人了，要自己負責，老師不能幫你選擇。」
陳師傅自問，當時，他說錯了嗎？

少年A的眼睛裡有某種光芒逐漸褪去，彷彿靈魂被抽乾，一丁點不剩，只殘留軀體。

他安靜地離開。

陳師傅不敢去案發現場察看，如果那幫人又回頭了呢？會不會連他也慘遭毒手？也許根本沒發生任何事，都是少年A的幻想。

隔天下了一場雨，陳師傅沒聽到任何消息，他整天提心吊膽，晚上也睡不著，拿著一塊裁切好的木頭想雕刻一隻鳥，握刀的手卻不停顫抖。

他想去橋墩下瞧一瞧，卻又害怕，他簡直鄙視自己懦弱的性格。

陳師傅很懊惱，昨晚就該跟著少年A去現場確認狀況，而不是急著撇清關係，現在就不需要胡思亂想，他辜負少年A的信任，但現在後悔也來不及了。

第三天，少女B的屍體被人發現，已經發臭長蟲，傷口潰爛，據說被打得不成人形，悽慘的模樣上遍各大新聞媒體。

陳師傅不敢看照片，不敢多想，只躲在工作室裡唸佛經。

他聽說少年A在案發隔天已經跟著母親回台北讀書，從此兩人再也沒有聯絡。

1

《水果日報》２０１８年10月17日 報導

S大橋人頭命案首度開庭　驚天大逆轉

上個月2日發生於台北市S大橋下橋墩的人頭命案，今日下午3時於台北地院首度開庭，檢方對嫌犯李昌和提起殺人罪及侵害屍體罪公訴並求處死刑。

由於受害者王姓少女為退休法官王正邦之女，且未成年，屍體還被分屍，棄屍多處，嫌犯兇殘手段引起社會譁然。

檢方強調李昌和堅決不認殺人罪，始終沒有悔意，對於受害者毫無同理心，懇請法官能從重量刑，顧及社會觀感。

李昌和在庭上的態度平靜，其辯護律師多次詢問檢方是否確定要以殺人罪起訴李昌和，直到法官制止他不許再提問相同問題。

這位楊姓律師接著向法官提出請求，必須依照其委託人的要求，進行以下操作。

他拿出一個隨身碟，在電腦上播出影像，並以大螢幕播放，讓法庭內所有旁聽人都可以觀看，他強調這段五分鐘影片在播放同時，也一起上傳到網路，這也是他委託人的要求。

影片裡，一名老人用雙手緊緊勒住一名少女的喉嚨，還不斷叫罵要她去死，持續將近五分鐘，少女一開始用手抓著老人的手腕反抗，掙扎一陣子後，少女的身體動也不動，老人遲疑幾秒後，將少女的屍體拖走。

這段影片播放結束後，法庭一陣靜肅，那名老人也在現場，臉色發白，正是受害者王姓少女的父親王正邦，影片顯示是他親手勒死自己的女兒。

王正邦被當庭羈押，目前已經委託律師全權處理，不發表意見。

檢方面色凝重，沉默以對。

法官已經訂好下次開庭日，面對李昌和所提出的新證物，檢方要如何應對，能否提出新證物，將是訴訟關鍵。

2

「我說的是事實，我沒有殺人，但沒有人相信我。

我承認處理了王珍芯的屍體，但我沒有殺人，檢察官也不相信我，他們認定我就是殺人犯，雖然他們手上沒有我殺人的直接證據。

我還有同事幫我做不在場證明，檢察官仍然指控我是殺人犯，他們忘了『無罪推定原則』，也沒有問過有沒有證物可提供，因為他們已經認定我就是殺人犯，我不可能證明自己的清白。

這是最方便的解釋，我會分屍，一定是因為我殺人，即使他們根本沒有我殺人的直接證據。

為什麼我會要求在法庭上當場提供證物？為什麼我會把證物上傳到網路？

很簡單，因為我不相信台灣司法，犯案人是一名退休法官，我不相信司法人員有足夠的公信力，他們很可能毀掉可以證明我清白的證物。

是的，我不相信台灣司法，太腐敗了。」

專案室內，張超一、彭子惠、雷進和李秀枝四個人正在開第三次的簡報會議。

最前方大螢幕上播放的是一段李昌和坐在自家客廳用手機錄影的自白。

根據錄影日期，是在9月1日晚間11點38分，共兩分鐘，那時王珍芯已經死亡，屍體就在他家裡，他還沒有進行分屍，檔案備份到隨身碟和雲端，他那時候就已經做好準備，對抗「不公不義」的司法制度。

他的辯護律師表示，李昌和在開庭前只囑咐他一件事，確認檢察官是否真要以殺人罪名起訴他，若檢方堅持，那麼就在法庭上公開證物，並且在隔天將他的自白上傳到網路並寄給各大媒體，表明立場。

他戲稱那是「不自殺聲明」，現在他已經成為司法系統的眼中釘，從上到下不會讓他好過，但他絕對不會在看守所自殘，若發生不幸的自殺事件，希望司法單位能秉公處理，徹查到底。

雷進關掉檔案，苦笑。「這一仗輸得真難看。」

目前看來，李昌和是故意引導檢警，不管是留下指紋、血跡反應、毛屑、監視畫面等等跡證，讓警方能逮到他，就打算在法庭上，當著全國人民面前，羞辱檢方。

「不是輸贏的問題，李昌和在教育我們，」李秀枝不屑的嘖了聲。「明明是罪犯，還大言不慚，手上真的有證物直接拿出來不就沒事了，真以為我們會偏袒自己人？」

此話一出，室內安靜幾秒鐘，沒有人出聲。

「李昌和提供的那段殺人影片，檢查過後確定沒有造假嗎？」張超一謹慎地向李秀枝確認。

「影片是真的，」她無奈的說：「還有幸虧雷警官的部下當時去王正邦住處，把那棟大樓所有監視影像都備分下來，保全人員說他們通常只保留一星期就洗掉了……」

「有查到什麼嗎？」

「王珍芯在下午5點25分離開住處，她爸爸則在五分鐘後，也就是5點30分後，搭電梯到地下停車場開車離開。」

當時王正邦是受害者家屬，所有人理所當然地認為他離家是為了尋找王珍芯，可事實上剛好相反，他在跟蹤她。

王正邦的車子目前已經被扣押。

「車上的導航系統有當天的紀錄，他利用導航找出最快抵達李昌和家的路。」

雷進接著說明，補習班那邊坦承，王正邦之前有詢問過李昌和的個人資料，說是為了安全考量，畢竟之前傳出過師生戀的事件，由於王正邦是退休法官，補習班不敢不配合，怕他找麻煩。

李昌和住處前方那條河濱小道綿延將近三公里，經過三座橋，王正邦的車停在另外一座橋邊，之後再徒步走去他家，那條小道平常沒什麼人走，因為事件已經發生超過一個月，附近的店家和住家的監視器影像幾乎都洗掉了。

不過王正邦因為違規停車，停在紅線上，被開了一張罰單，雷進將那張罰單影本放在桌上，日期正是王珍芯遇害那天，9月1日下午6點38分。

張超一看了眼時間。

「他比王珍芯還早到。」

「對，這個老人家犯了不少錯。」李秀枝感慨的說。真正朝著王正邦仔細一查下去，發現他的行動毫無縝密計畫，更像是衝動犯罪。

王正邦開車過去李昌和的住家，可能就是想確認他女兒是不是真的會過去找他，他抵達時間比坐大眾運輸工具的王珍芯更早，也許埋伏在那裡，見到王珍芯提著行李走過來，還知道鑰匙放在哪裡，直接開門進屋，一定勃然大怒，懷疑兩人早有親密關係。

「一想到自己辛苦養大的孩子，突然翻臉不認人，離家出走去投靠另一個男人，王正邦那種老古板受得了嗎？」

李秀枝最後一句話更像是肯定句，也是行兇動機，王正邦的手腕有抓傷，雖然他堅決否認這傷口和王珍芯有關，但父女倆很可能起衝突，他勒住王珍芯的脖子，王珍芯則抓住他的手腕，最後還是不敵男人的力氣。

「我在想李昌和錄到多少畫面？」雷進狐疑地推測。「他只公布一小段，就是最關鍵的殺人畫面，其他部分呢？」

「應該是作為談判的籌碼，」張超一微笑說道：「王正邦已經委任律師，估計如果他繼續否認殺人，李昌和這邊可能會流出更多畫面，檢方要對王正邦提起殺人罪公訴，還需要李昌和的配合，李昌和目前最明確的罪證就是侵害屍體罪，可處六個月以上五年以下有期徒刑，他沒有前科，也深具悔意，有可能換緩刑。」

「王正邦當時扯著李昌和不放，要求警員去搜他家，因為他知道女兒的屍體確實就在他家裡，可是後來的發展卻超乎他預期，他沒料到李昌和會分屍，甚至大動作棄屍。」李秀枝回憶道：「當時去搜查李昌和的住處，雖然在他家看到好幾具監視儀器，卻沒想過他也會在自己家裡安裝針孔攝影機和竊聽器，他應該在警方到他家搜查前就撤掉所有機器，把相關檔案備份，避免被警方查到。」

「我不認為他能預期到王正邦會跟蹤女兒到他家並且殺人，這事件應該是偶發，不在他原本的計畫，他接下來所有行動是順水推舟，踩著這個偶發事件去完成他真正的計畫。」張超一說。

「你指的真正計畫是把王珍芯的屍體分屍，然後再分別丟棄到吳大樹那五個人身邊？」雷進提出疑問。

張超一這時看了眼李秀枝，後者朝他點點頭，給他一個肯定的眼神。

「那只是表象……」張超一才起頭，彭子惠帶著一股怒氣，突然爆發。

她激動的說：「不對，李昌和是殺人犯，就是他殺了王珍芯！他沒動手，但他惡意破壞王正邦父女的感情，挑撥離間，誘拐王珍芯，一個十五歲的少女離家出走，去找一個年輕男老師，你們敢說李昌和之前沒有給過她任何暗示嗎？他本來計畫要自己下手，王正邦殺女兒是意外，他利用這個意外來羞辱檢方，但這改變不了一個事實，他早就有意殺害王珍芯，分屍、棄屍這所有舉動就是為了……」

她猛地煞住話語，起身，臉色看起來非常差。

「我不太舒服，你們繼續開會。」

她頭也不回走出專案室，留下三個人面面相覷。

他們都感受到今天彭子惠確實和平常有異，過於安靜，似乎懷有心事，依她的性格，向來不會讓私人情緒影響專業，但沒人知道究竟是何事讓她如此反常？

「讓她靜一靜，我們繼續開會。」張超一果斷地說。

這時雷進提出看法。「關於剛才彭檢提到的，李昌和計畫殺害王珍芯，我認為這個案子的觸發點更早，是從朱立龍的失蹤就開始。」

「你是說朱立龍的失蹤觸發李昌和殺害王珍芯，是共犯關係嗎？」李秀枝好奇的問。

「不是共犯關係，」雷進發現張超一相當專注地聆聽他說話，莫非他也有相同的思路？「彭檢說過，王珍芯的死亡是必要的，為的是扯出梁永夏一案，所有相關人物都被扯進去，唯獨朱立龍，他在兩年前已經消失無蹤，也許他的命運和王珍芯一樣，他的失蹤也是必要的。」

他強調「失蹤」兩個字，這意味著不明狀態，他可能還活著，也可能已經死亡，除非能見到他本人，或者找到他的屍體。

「李昌和在一年半前開始跟監吳大樹等人，而在兩年前朱立龍失蹤，為什麼他不試圖尋找朱立龍？」

「因為他已經知道他人在哪裡。」李秀枝順勢回應。

「為什麼他不跟監他呢？」

「因為沒有必要。」

「朱立龍的同居人謝薇薇說，他要去見的人是個『老朋友』，也許我們都誤解了表面意思，那不是指涉情感上的朋友，而是合夥關係，這是個意料之外的邀約，朱立龍不是不告訴謝薇薇，而是他自己都說不清楚是什麼樣的合作，我不相信朱立龍會信任吳大樹那五人當中任何一人。」

「所以你推測是李昌和用合夥的名義誘騙他，然後綁架他？」

「我認為這才是李昌和整個計畫的開始，當時朱立龍因為一個詐騙案被警方破獲，正在尋找新的賺錢計畫，李昌和有可能乘虛而入，那是2016年10月，朱立龍自始失蹤。過了幾個月，李昌和開始跟監吳大樹等人，包括王正邦父女，在那時候他已經計畫要殺掉王珍芯，接著分屍，接著棄屍，一環接一環，當年所有跟梁永夏一案有關的人都被牽扯進去……」他頓了頓，靦腆的說：「不過這只是我的直覺推測，沒有實質證據可以指控他。」

張超一和李秀枝再度交換一個默契的眼神。

「你的推測開啟一條明路。」張超一微笑說道。

「這句話是什麼意思？」雷進皺眉頭，不明所以。

張超一走到前方大螢幕旁邊，李秀枝配合的起身，拿出一個隨身碟，插入旁邊的電腦，開始操作，叫出檔案。

螢幕上出現六張並排的照片，正是王珍芯的屍體被分割棄屍的六個現場照。

「雷警官，你看到什麼？」

雷進很仔細的查看大螢幕上的幾張照片，生怕自己有遺漏。

「就是王珍芯的身體被切成六塊，分別是頭，雙手、雙腳，還有軀幹。」

「不對，那裡不是一具屍體。」

雷進錯愕的瞪著他，以為自己聽錯。「不是一具屍體？我不明白。」

不管他怎麼看，把那些屍塊拼湊起來就是王珍芯完整的屍體。

「我們之前討論過分屍，為什麼兇手要分屍？目的是什麼？可能是為了方便棄屍，為了隱藏屍體的身分，或者是兇手的某種必要的儀式，還有一個可能性，為了藏屍。我們之前一直關注王珍芯的屍體，那匯集我們全部的焦點，可惜我們搞錯了，王珍芯注定要死，可能兇手都沒預料到會拐這條彎路。」

「殺王珍芯的兇手不就是王正邦嗎？」雷進不解。

「王正邦是一顆被利用的棋子，他沒說錯，從一開始他就認定李昌和的企圖，他看穿他的心思，畢竟是個有經驗的法官，在事情爆發之前就嗅聞到犯罪氣息，可是李昌和確實沒有殺害王珍芯。王珍芯不過是用來誤導我們的視線，轉移現場的焦點。現場一直有兩具屍體，可是總被我們忽略，被王珍芯的屍體掩蓋住。李昌和確實殺了人，我們也看見了屍體，只是此屍體非彼屍體，李昌和搭了一個便車，或者你可以說，我們不自覺走了一條彎路。」

「等等，」雷進已經有點混亂，不得不打斷他的話。「張檢，你說李昌和確實殺了人，可是他沒殺王珍芯，那他殺了誰？」

「你剛剛已經說了答案。」

雷進怔愣了幾秒，恍然大悟。

「他殺了朱立龍?!」接著，他凝望著螢幕上的六張照片。「可是，我沒看見他的屍體。」

「你看見了，只是你的思維欺騙你。那麼，來看看李昌和精心布置的舞台。」

李秀枝得到張超一的指示後，秀出下一張照片。

這一刻，雷進終於看見了，終於明白張超一的話中含意，終於理解李昌和計畫的全貌。

＊＊＊

彭子惠站在走廊的窗邊，看著窗外發愣，那裡可以眺望一座公園，但很顯然，她的心思早已飄至遠處。

張超一隔了段距離默默觀察她，以前總認為彭檢心高氣傲，是個招惹不起的女強人，永不認輸，此刻竟覺得她憔悴許多，像遭受到重大打擊。

他心底有些愧疚，他們是夥伴，他卻只顧著查案，完全忽略她的心理狀態，她很有能力，也努力證明自己的專業，不希望別人只注意她的性別或外貌，或許也太努力了，給自己過大的壓力。

張超一朝她走過去，輕聲打招呼，彭子惠抬眼瞅著他，旋即快速用手指擦拭眼角的淚滴。

「妳還好嗎？」

「沒事。」

「聽著，不管妳發生什麼事都可以告訴我，」他溫柔地對她微笑。「至少在這個案子上，我跟妳是一起的，明白嗎？妳不需要一個人扛壓力。」

她嘆氣。「我不能說。」

「所以妳的煩惱真的跟王珍芯的案子有關？」

「我不能說。」

他突地伸手攬住她的肩膀，拍了拍。

「記住，這是工作，不是生活，離開這案子，妳還是彭子惠檢察官。」

他凝視她的眼神異常專注，彭子惠瞪著他，笑了出來。

「你想當我的人生導師？」

「免費的。」他攤開雙手，自我調侃。

「我說沒事就沒事，我只是需要時間消化，還有……」她頓住，沒說下去，轉移話題。「對了，你們開完會的結論是什麼？要撤銷李昌和的殺人罪的公訴嗎？」

「不，他確實是殺人犯。」

彭子惠一臉驚愕，那雙原本飽含淚水的美麗眼睛此刻恢復生氣，認真的盯著他的臉。

「可是證據……」

「他殺的人不是王珍芯。」

「你確定嗎？有直接證據嗎？要是又一次在法庭被羞辱……」檢方的臉面都丟光了，毫無公信力可言。

「相信我，我們逮到他了。」他露出一個自信滿滿的笑容。

3

張超一的雙手各提著一個大箱子，走進偵訊室。

李昌和獨自坐在桌子前，面無表情瞪著左邊天花板上安裝的紅眼攝影機，彷彿那裡有什麼東西吸引他注意。

張超一在他面前的椅子坐下，親切的說：「你好，又見面了，今天由我負責。」

李昌和回神過來看著他，露出笑容。「張檢，你好。」他的態度自然，口氣輕鬆，面對曾經被他當庭羞辱過的檢方，一點都不覺得窘迫或不自在。

張超一將兩個箱子放在腳邊，桌上已經有兩杯水，他拿起面前那杯喝口水，發現對方的那杯水已經空了。

「你還需要水嗎？」

「不必，」他微笑。「我想張檢不會拖延我的時間。」

張超一揚揚眉，不得不佩服他，在這長達兩年的計畫裡，是否也包括和檢方的對峙，他在腦中模擬過多少遍這樣的場景？

李昌和沒有辯護律師作陪，張超一也請平常負責記錄的事務官別跟來，他想先單獨和對方談一談。

「關於王正邦殺害王珍芯的影片，如果你願意提供全部的影片，我會很感謝你的配合。」他誠懇地說。

目前檢方已經扣押李昌和的所有物，也搜查過他的住處，但未尋獲其他的影片檔，除非他自願提供，否則檢方無法強制他交出來。

李昌和語帶歉意地說：「張檢，這部分請你和我的律師協商，他交代過我，我有緘默權。」

「你知道隱匿刑事案件的證物是妨礙公務的行為嗎？」

「毫無根據就先指控別人犯下殺人罪，檢察官如果對我提起妨礙公務的公訴，好像不太恰當。」他禮貌地回應。

「好吧，王珍芯的案子就先放一邊。」

李昌和一聽，似乎有點訝異檢方會這麼快放棄說服他，還以為會用更激烈的手段威脅他交出證物。

但這麼做只是正中下懷，張超一心底知道他的盤算，檢方的目光越是放在王珍芯的屍體上，就越不可能察覺他真正的意圖。

「其實，你自己也沒料到會拍到王正邦殺害女兒的畫面，對不對？你在自己的家裡安裝針孔攝影機又裝竊聽器，主要是安全考量，因為那裡可是有你的『遠大計畫』，屋內放了一些『可怕的東西』。」張超一強調地說。

李昌和露出感興趣的目光。「張檢所指的可怕東西，我也很好奇會是什麼。」

「你本來就打算殺害王珍芯，王正邦先動手，確實幫你省事，但不能掩蓋你的殺人意圖。」

「我沒有殺王珍芯。」

「可是你還是殺了人，」張超一傾身向前，直視他的眼睛。「比王珍芯更早，你殺了朱立龍，還把他屍體存放在你家裡。」

室內沉寂了一分鐘之久，兩人都沒有說話，彷彿都在等待對方先開口。

張超一低頭打開左腳邊的箱子，依序拿出兩樣工具放在桌上。

「你應該很熟悉這些工具，左邊這個叫圓鋸機，右邊這個是鋸線機，是可以用來裁切木頭的工具，在你家裡搜到的。你喜歡做木工，本身很熟練操作這些工具，用來切割屍體綽綽有餘，可是為什麼那一晚，你要帶著王珍芯的屍體，開車千里迢迢花一小時時間去陳尚川的工作室，非要冒險在那裡分屍呢？之後還要整理環境，要是不小心碰到目擊者就麻煩了。」他頓了頓，用肯定的口氣說：「你不怕麻煩，因為那裡對你別具意義，一定要在那裡完成才行。這時候我懂了，你的行為不能用理性邏輯分析，你的選擇是基於內心強烈的情感所驅使，包括殺害朱立龍。」

「我不認識朱立龍。」李昌和平靜的說。

「你當然認識他，他殺了梁永夏。」

「我不記得他了。」

「也許時間真的讓你暫時淡忘了，可是發生一件事讓你不得不想起他。」

張超一拿出一張B4大小尺寸的影印報紙，放到桌上，新聞報導日期是2016年9月23日，標題是「恐龍法官縱放詐騙累犯」。

「那天，朱立龍以二十萬交保，還對著媒體記者比出YA的手勢，得意洋洋地離開，上遍各大平面電視和網路媒體。你一定也注意到了，你當時看見他是什麼心情？是不是想著『這個殺人犯竟然大搖大擺的活了十五年』，他強姦虐殺梁永夏只被判了兩年刑期，坐了一年牢就假釋出獄，絲毫不感到愧疚，他過得那麼好，而梁永夏永遠不可能活過來了。」

李昌和沒有反駁，他盯著桌上那張影印紙，有朱立龍模糊不清的照片。

「當時的你，先失去恩師，接著外公也走了，兩個生命中重要的人都離開你，而朱立龍卻意氣風發，明明是個罪犯，卻毫無羞恥心，臉皮像城牆一樣厚，天生的犯罪者，社會蠹蟲，這種人有什麼資格活著？你心裡是不是這樣想？痛恨他？想報仇？」

李昌和還是默不作聲。

「朱立龍那時候在找新的賺錢計畫，像他那種見錢眼開的人，有利益可圖就黏過去，這個老江湖在道上混了那麼多年，竟然一次就上鉤，因為他完全料想不到像你這樣的平凡人，會對他懷有殺意。殺人不難，麻煩的是要怎麼神不知鬼不覺的處理掉屍體，尤其朱立龍是個很醒目的人，他消失一定會引起軒然大波。這時你的腦海裡，開始籌備一個遠大的計畫，需要很多的時間，需要很強的耐力。」

李昌和的雙手交握，擱在桌上。

「張檢，你的指控有直接證據嗎？你說的故事很動人，合情合理，可是法庭不是說故事的地方，你應該比我還了解這一點。」

張超一拿出一本小筆記本，迅速翻了幾頁，客氣的詢問：「在你的外公過世以後，你是不是在那棟老屋住了一段時間？」

「對。」
「住多久？」
「不記得了。」
「你的外公在2016年8月因病去世，朱立龍在當年10月失蹤，根據你的鄰居觀察你一直住到隔年，也就是2017年3月才搬家，你同時也在那個月辭職，搬進現在這個河畔新家，找到補習班的兼職，這個時間線沒錯吧？」
「我不明白為什麼要扯上朱立龍，他的失蹤跟我無關。」
「你住在你外公家，做什麼呢？」
「我懷念我外公，不行嗎？」
「從你外公家到你上班的科學園區有段距離，你原本在工作地點附近租屋，卻放著不住，刻意每天開車通勤，真的沒有其他用意？」
「沒有。」
「好吧，我們再回頭來討論王珍芯的命案。」
張超一從文件夾內拿出六張現場照片。
「你承認是你分屍、棄屍？」

「我承認。」

「這些假人模特兒都是你雕刻的？」

「沒錯。」

「為什麼要放這些假人？」

「因為這樣比較有趣。」

「不對，因為那些假人才是你真正想要丟棄的。」

張超一打開右腳邊那個箱子，從裡頭拿出一條假人的右腿，放置到桌上。

「這不是一塊普通的木頭，你把兩塊挖空的木材，互相膠合一起，在內部鎖上螺帽，接合得非常緊密，仔細塗刷，幾乎看不出接合線。」

李昌和聽至此，笑了。

「你的意思是我把屍體藏在木頭裡？」他搖搖頭。「張檢，這不是拍電影或寫小說，這麼薄的木材，根本不可能藏住屍體。」

他驀地頓住話語，因為張超一露出有點狡猾的微笑。

「這木材很薄嗎？確實，你很清楚，因為是你親手打造的，專屬於朱立龍的訂製棺材。」

李昌和瞪著他，不發一語，似乎有些口乾舌燥，目光放到他的水杯上。

「你說的沒錯，木材裡藏不住屍體，屍體會發臭、發爛、會膨脹、會流出屍水、會長蟲，而且木材是活的，會呼吸，也會跟著季節氣候產生變化，光是那味道就不可能瞞住，那麼你做了什麼呢？你待在你外公家那幾個月在等什麼呢？」

張超一猛地伸手打開上面一層薄木，露出中空的內部，上下兩層薄木組合成一條假人模特兒的右腿，裡頭是空心的。

「你製作的所有假人模特兒一部分是使用實心木，而一部分刻意挖成空心，用薄木膠合而成，頭部、四肢和軀體分別安裝活動關節、以螺絲緊緊鎖上，為什麼這麼大費周章？你說的沒錯，木頭裡不可能裝屍體，一下子就會被發現，所以你把朱立龍做成標本，用化學防腐處理，把他的死亡永久保存，接著再分屍，小心翼翼地分批裝進這六具假人模特兒裡，用力膠合，你選擇檜木，因為檜木的氣味濃郁，可以掩蓋出標本的味道。」

他看李昌和沒有開口辯駁的意思，又繼續說下去。

「你還記得尤忠涵嗎？他也是陳尚川的學生，是當年的社團學生之一，他對你印象深刻。我們還請他到鑑識科幫忙，花了不少時間，有經驗的木工師傅可以辨別是不是實木，或是空心，以及是否裝了其他東西，要打開來並且不破壞裡面的東西真的需要專業技巧。」

李昌和一臉平靜的表情，用一種毫無情緒起伏的音調問他：「你們喜歡我的作品嗎？」

張超一讚歎地說：「真的非常精緻，你的老同學說了，要具備變態級別的細心程度才做得出來。」

「你也認為我是變態？」

「你不是變態，你只是一個被過去糾纏，擺脫不掉陰霾的人。你想報復的不只是朱立龍，不只是王正邦法官，不只是吳大樹那五人，更不是王珍芯，她是無辜的，而她的無辜正是你最需要的犧牲品。你想報復的是力圍鎮。所以你一定要回去陳尚川的工作室完成這件作品，你痛恨那座小鎮，你痛恨每個鎮民，他們都是共犯，他們把欺凌梁永夏視為理所當然，她受盡屈辱，卻沒有一個人對她伸出援手，最讓你難過的是什麼？她的死亡漸漸被鎮民們所遺忘。你籌畫這場驚心動魄的大秀，用一名無辜少女的血，去祭祀另一名可憐的少女，讓力圍鎮再次眾所注目，所有人都把兩件案子重新牽扯一起，讓那座小鎮貼上恥辱標籤，讓每個鎮民蒙羞，永遠不會遺忘梁永夏。」

李昌和突地伸長手，很自然的拿起張超一面前的那杯水，咕嚕嚕一口氣喝完，坦然地笑了笑。

「我好渴。我十五歲離開力圍鎮的時候，鎮上總共有一萬三千兩百二十五人，我住的那個里，有四千六百四十四個人，沒有一個人出面幫助梁永夏，沒有一個人。他們覺得我多管閒事。我在學校看到有幾個隔壁班的學生，硬拖著梁永夏去後面的舊校舍，我打不過他們，只好去找老師幫忙，結果老師跟我說『轉學生不要管太多』。那個老師叫我『轉學生』。我不屬於那個鎮，只是一個過客，一個外地人，沒有資格去干涉他們的習慣。真的是一群垃圾，那裡的人都該死。不過，有件事你誤會了，我沒有那麼純情，這跟梁永夏本人沒有關係，我不是為了她，我是為了通過考驗，上天的考驗，我必須證明我跟那些垃圾人不一樣，他們無藥可救，給一百次的機會也是選擇當垃圾。我不同，上天在考驗我，曾經我有機會站出來救梁永夏，可是我太害怕，我不敢，眼睜睜看她被打死、屍體還被羞辱；後來開庭的時候，我應該出面當目擊者，指控那群垃圾人怎麼對待梁永夏，結果我還是逃跑了，我不敢出面，讓朱立龍逃過一劫，根本沒有付出足夠代價。像你說的，兩年前當我看到朱立龍的新聞，我明白了，那是上天給我的第三次試煉，我逃不掉，我這輩子永遠要被考驗。我刻意接近他，用力圍鎮跟他攀關係，假裝問起梁永夏的案子，他毫不在意，好像她的死亡早就是句點，沒有以後，也不值得記憶。」

他咬著下唇，恨恨地說：「他非死不可，我會讓他的死亡變成一則傳奇，他要感謝我，世人會永遠記得他死亡的模樣。」

「所以你現在大功告成，很開心，心滿意足？」

李昌和抬起頭，雙眼看著張超一，神情微妙，他的眼神朝著他直直穿透過去，落在他背後的某一處。

「每次只要我稍微放輕鬆，想稍微休息一下，安靜下來，就會看見她。」

張超一與他凝滯的目光對上，反射性的回身，那裡是一面白牆，什麼都沒有。

李昌和低下頭，輕聲喃語著：「無無明，亦無無明盡。乃至無老死，亦無老死盡……」

4

今天李秀枝的職責是「監工」。

雖然可以指派其他組員過來，她還是想在第一時間親眼見證「成品」，打從那天在實驗室裡看到尤忠涵師傅拆開木板，見到那個東西，她每天都睡不好，急於想看到全貌。

她開著廂型車運送六具人體模特兒到尤忠涵的工作室，尤師傅還特地請來另外兩位同行一起研究討論，協助完成這個大工程。

由於朱立龍的屍體標本被藏在人體模特兒的內部，不能隨意切割木頭，以免破壞屍體的完整，三位師傅必須先決定哪些是實木，哪些又是空心，裡面可能藏有東西。

尤忠涵的工作地點是一棟老房子，分成兩間，一間當作教學教室，另一間較寬敞，擺放大型的木工機具和木雕作品，東西雖雜亂，但亂中有序，室內充滿一股木頭的溫暖氣息。

四個人一起小心移動這些人體模特兒到較大間的工作室內，依序地放到已經淨空的木工工作台上，六具模特兒分別缺少頭部、左手、右手、左腳、右腳以及軀幹。

三位師傅備齊工具，仔細的拆卸移動關節和螺絲。

李秀枝第一次見到這麼多種木工工具，包括裁切用的雙面鋸、夾背鋸、線鋸機，另外還有固定用的多角度切割座、C型夾等等，眼花撩亂。

她先用相機連續拍下多張照片後，在周邊架好兩台攝影機，從不同角度必須錄下整個拆卸過程，將來作為法庭證物。

她雖然想出手幫忙，但三位師傅都善意的提醒她可以暫時離開，他們保證不會損傷木材或屍體，這些工具對新手很危險，一不小心可能切到手或觸電。

李秀枝向來習慣掌控局面，第一次覺得手足無措，不僅派不上用場，還礙手礙腳。

但這些都是刑事案件的證物，她不可能丟下不管，這時她想起放在隔壁教室的皮箱，她可以先做好準備。

於是她去隔壁的教學教室，拿出包包裡的一台小型數位攝影機，擱置在前方講台，鏡頭對準大桌子，接著她打開放在椅子腳邊的一只皮箱，裡頭有一塊防水布，她攤開來鋪在大桌上，然後將那個用布包好的「東西」，細心的一層層開啟。

那是一隻被作成標本的人類右腳，從踝骨處切割，切面平滑。

人類屍體經過脫水以及生物塑化技術處理後，已經變成像是市面上販賣的肉干，乾燥無味。

李昌和將朱立龍的屍體小心翼翼地製作成標本，並藏匿於挖成空心的木頭裡，和其他實木混雜，組成一個個人體模特兒，檜木的氣味掩蓋了藏匿的東西。

上次尤忠涵到犯罪實驗室，親自取出藏在空心木裡的這隻右腳，所有組員驚愕得說不出話，沒有人察覺到已經被棄置到證物室裡的東西原來是另一具屍體。

李秀枝將標本右腳擱置在防水布上，拍了幾張照片，耐心等候。

她在教室裡走了一圈，櫃子上擺放許多精緻的小型雕刻，牆壁則掛著各種獎章和照片，尤忠涵這些年收了不少學生，可以說盡心地培育對木雕工藝有興趣的新一代，希望能繼續傳承傳統手工藝。

然後她看到那張大合照，是一張A4尺寸大小的彩色照片，裱框起來掛著，已經有些泛黃。

豔陽下，十三個穿著學校制服的國中生在身邊擺放木工作品，個個面帶燦笑圍繞著陳尚川師傅，對著攝影鏡頭展現出青春美好的一刻。

她看到年輕時候的尤忠涵，還有李昌和，當時他還叫做王顯耀，以及綁著長馬尾的少女。

少女正側著臉看向李昌和，唇角揚起甜甜的微笑。

那是充滿著信任、崇拜與關心的視線。

在少女不幸又短暫的一生裡，或許李昌和是她所遇見的人當中，對她最好、最真誠的。

三位木工師傅陸陸續續拆解下空心木，將裡頭藏匿的標本送到教室裡，一塊接一塊宛如人體拼圖，在防水布上組成一個人體塑化模型。

朱立龍的屍體姿態扭曲，完整保留下死前的痛苦掙扎，眼裡還殘存著即將墜入地獄的恐懼，永恆不滅。

***

那是一個美好的夏日午後。

陳師傅打開窗戶，讓溫暖的風吹入室內。

少女B在床上熟睡著，長髮披散，薄被包覆住她赤裸的身軀。

此時此刻，世界一片靜寂，他似乎能聆聽到她均勻甜美的呼息。

在他的妻子生病住院後，他不自覺跨越了師生戀的禁忌，和少女B發生不倫關係。

少女B從不拒絕他，她尊敬他，崇拜他，她深信老師不會害她。

陳師傅坐到桌前，桌上放著一塊切割完整的乾燥實木，是白西洋杉木塊，材質輕，紋理淡淡的。

他打算雕刻一尊小的觀音像，先前他已經用不同的木頭雕了五尊小觀音像。木頭是活的，依著材質有其本性，作為一名創作者，要做的就是去挖掘藏於其中的靈魂，賦予木頭新生命，褪變成藝術品。

他一直抱持著這樣的使命感從事創作。

「老師。」少女B醒了，輕聲地叫喚他。

她下床，穿好貼身衣物和連身裙，纖細裸足套上一雙夾腳拖，將長髮綁成馬尾，身姿婀娜。

「老師，我該回家了。」

她恭敬地向陳師傅道別，要走時，想起什麼似的，她停下腳步，欲言又止。

「老師，」她遲疑一下才說：「我覺得……以後我還是不要來你家了……」

陳師傅皺起眉頭，他第一次聽到少女B拒絕別人。

「怎麼了？妳生病了嗎？」

「王顯耀跟我說這樣不好，不要隨便脫衣服，不要隨便跟別人睡覺，不要讓別人亂摸身體，要保護自己……」她斷斷續續說著，美麗的臉龐時而露出有些困惑的表情，好像也不太懂自己說了什麼。

聽到她提起王顯耀，陳師傅心底一驚，急問：「妳告訴王顯耀妳來老師家睡覺？」

「沒有，」她劇烈地搖頭。「我沒說，我有保守秘密。」

「對，記住老師的話，這件事只有妳知我知，不可以告訴任何人，也不可以告訴王顯耀。」

「我知道，是秘密。」少女B乖巧地答應，伸出右手，愉快地說：「勾勾手。」

陳師傅沒有和她打勾勾，而是摸摸她的頭。

「以後別再過來老師家了，妳快回家吧。」

「嗯，老師再見。」少女B背起背包，輕巧地離開。

陳師傅呆坐在椅子上，好一會，思緒空白。

他凝望著桌上的那一塊實木，突然毫無靈感。

天色不知何時已經全黑了，他想著該去醫院探望生病的妻子，於是他關上窗戶，走進黑暗裡。

第六屆【金車・島田莊司推理小說獎】決選入圍作品評語

（本文涉及謎底與部分詭計，請在讀完全書後再行閱讀）

日本推理小說之神／島田莊司

野球俱樂部事件／唐嘉邦

最近我在演講等場合中常會提到，創作上各種不明確的地方、判斷局面時所做的巧妙與拙劣選擇、好小說與壞小說的分界線、二十一世紀本格推理是什麼、為什麼現在需要它，對於這些疑問的解答，全都存在於對推理小說史的內容是否有適切地掌握。我一直都是如此主張的，而在這次評選上的問題點，似乎也與此相同。

我認為推理小說史大致可以分成四個時期來俯瞰：第一期，由科學革命所創造，信奉科學的文藝時代。第二期，由范・達因提出的密碼型、容器型的遊戲本格推理。第三期，接近自然主義的社會派文藝時代。第四期，解謎的本格復興時代。

第一期是像愛倫·坡、柯南·道爾這樣，基於對科學的絕對信奉精神，誕生出不畏迷信、詛咒、鬼魂，以備受期待的新市民之姿登場的偵探，亦即科學家身分的名偵探誕生的時期。

第二期是對這種新文學看過二千多本的美術評論家，提出最有趣的推理小說應具備的條件，做出容器型模式的提議，讓這個領域邁向黃金時期的重要時代。這個時候，信奉科學作為唯一的主軸遭到捨棄。

第三期，因為這樣而以受限的材料展開的創作，對於前面提到的模式開始呈現出極端的依賴性，這造成小說脫離現實，引來成人的嘲笑，這令作者們開始自律，認為應該寫出更符合現實的殺人事件才對。因此，實際存在於這世上的警探，以實際進行的方法展開搜查，眾多寫實小說就此問世。但也必然的，謎題和詭計會被視為非寫實，這個流派的作家對此不感興趣。

第四期只存在於日本，雖然推廣到亞洲，但歐美至今還沒有出現。日本逐漸成為亞洲推理小說的帶動者，但日本的情況卻與此有很大的不同。

前面所說的第一期是否曾存在於日本，實在說不準。江戶川亂步對於日本沒有科學革命感到失望，於是開始積極地接觸江戶時期流行的見世物小屋（畸形秀），並運用這項嗜好，創生出一種文藝類型，然後在日本扎根。但也因為這樣，與愛倫·坡、柯南·道爾所追求的目標有很大的差異。

第二期在同一時代並未在日本扎根，也就是說，日本作家們未能成功引進這個流派。

第三期就日本的情況來看，松本清張的創作活動符合其標準。美國因為有西部片這項傳統，所以他們喜歡描寫配槍的男性私家偵探，但在日本，卻只有外貌平庸的重案組中年刑警登場。雙方都對大型的解謎或複雜的詭計不感興趣，而日、美雙方的共通之處，就是這個流派全都是自認有過人文采的作家。

第四期只在日本登場。在拙作《占星術殺人事件》和《斜屋犯罪》的帶領下，之後的年輕作家帶來了文藝復興運動。在這個流派中，因為《斜屋》的影響，范·達因的流派比美國晚了七十年才在日本復活，再加上與這個流派的中心人物綾辻行人常用的人物記號化表現合併運用，由范·達因開始的這種創作，逐漸在日本國內扎根。

如果以掌握歷史為前提來看，則島田獎對於第一期、第二期、第四期的作品範例的優劣判斷，會充分發揮其力量。不過，這次我們明白了一件事，當面對傾向第三期，亦即近代自然主義所創造出來的作品時，用這個標準來評量會是個難題。說得更深入一點，擔任複選評審的各位，可以自在地閱讀中文，真切地感受到優美文筆的纖細內涵，以及巧妙的語彙選擇所帶來的感動，而在這種情況下，依賴複選評審的比重就會因此提升。

例如《占星術殺人事件》、《斜屋犯罪》、《殺人十角館》如果是候選作品，便能藉由詳細的大綱做出正確的評價。因為這既然是構造性的機關或詭計，亦即著重設計圖創作的本格作品，文筆就會位居「從」位，而非「主」位。

但是像《砂之器》、《火之路》、《黑色畫集》等作品，則不能這麼做。因為文筆好壞升上了「主」位，所以要光憑大綱來評估其優劣，幾乎是不可能的事。這種事在其他的文學獎中可能不會發生，身為不懂中文的評審，實在覺得很抱歉，同時也對諸位複選評審過人的能力無比感謝。

台灣這個國家經歷了特殊且微妙的歷史，這不只是過去才有的事，或許現在才算是處於艱難的巔峰。在李登輝這位政治家傑出的才幹與熱忱下，台灣得到了遠比漢字文化圈內的鄰近諸國都要完善的自由主義，所以文學家要做的工作相當多。對這種歷史情況所展開的考察和考量，在這次的島田獎中也必會認真看待。

不過，光就大綱來看，我產生了一個念頭，那就是希望這部作品能有更進一步的完成度。日本人特別喜歡棒球，那是因為這種比賽沒有足球或籃球那樣的速度感，是各種狀況都需要仔細思考，想出如何因應的特殊運動，比賽中出現這些狀況的時刻，也充分呈現出人們的生存方式，包含了運氣好壞這樣不合理的要素在內，讓人聯想到人生的縮影。既然是這樣，將這部小說的主張寄託在棒球這種人生遊戲的展開上，以此種雙重構造呈現的演出，身為一名棒球愛好者，忍不住充滿期待。因為不管再怎麼思考，最後還是運氣支配了情節發展，這種無法預料的激烈變動正是人生。但這樣的寫作投影沒能讓這部作品成為更好的傑作嗎？我腦中存有這個疑問。

這部推理小說還有另一面，那就是可以當作鐵道謎題來看，列車的某個運作方式被人發現，但這項發現似乎不足以令鐵道迷感到驚訝，這部作品應該仍舊算是自然主義、社會派。

就這層意涵來看，我對自己的判斷也感到不安，但我決定相信各位複選評審的感受。

強弱／柏菲思

這部作品與《野球俱樂部事件》都很出色，兩者展開激烈的競爭。光就細部的故事大綱與作者的論述來看，在很多方面，這部作品的技巧和文學性構思都略勝一籌。

舉例來說，女主角霜月對於她常進出的理科室裡的骨骼模型特別偏愛，還有個奇怪的嗜好，就是替它們取名字，且愛不釋手。這個點子頗具文學性，似乎找不到既有的相似例子，不落俗套，令人佩服。這樣的特殊性讓人深受吸引，也讓人對女主角遺留在過去的秘密，感到十分期待。

那重要的骨骼模型被人從校舍的高處拋下，撞向一樓地面砸成粉碎。但後來得知，這些碎片中摻雜了真正的人骨，而且是一個月前失蹤的阿玲的屍骨，這前所未聞的事件，讓人覺得就像親眼目睹一般，作為推理小說的風景，顯得格外鮮明。從這幾點來看，不得不認同這位作者的文學構想才能。

這部小說的故事內容描寫陰沉的霸凌，大部分的描寫似乎都放在讓現今社會為之苦惱的這種現象上。霸凌這種惡劣的壞事，對照現在同樣匯聚全球關注，香港市民為了守護一國兩制的自由而展開的奮鬥，有一種既視感。故事中充滿了無力關注此事的絕望黑暗，也讓人減輕原先對霸凌一詞所具有的平庸感受。

不過，霸凌一詞所引出的各種事件，奇妙地呈現出類似的外貌，讓人略感困惑。藏在抽屜裡的貓屍、被推落泳池的女主角、因父母的壓力而痛苦選擇自殺的校花……這些都像是沒什麼才能的作家，模仿之前的範例所做的聯想遊戲。作者是極具才能的女性作家，她讓珍貴罕見的獨創案例與既視感並行，如此隨機的陳述，卻忍不住教人聯想到女性們的生活實態，也讓我有些不可思議的感覺。

當中尤其讓人感到納悶不解的是關於人的強悍，就像在說出結論一樣，女主角根據自己的發現，提出「人的強悍就是這麼回事」這樣的信念，與書名《強弱》也有緊密的關聯，所以可視為作者很重要的主張。但這其實只能看作是「我絕不改變自己的想法，要貫徹做我自己」，讓人腦中產生問號：「這樣就夠了嗎？這不也是前面例子的延伸嗎？」，真正充斥在這個世界上的，其實是與這種自戀相衝突的「假強悍」，它到處惹出麻煩事，創造出令眾人疲於應付的問題人物，這種現象顯而易見，但作者沒做任何處置，就這樣放著不管，並提出略感平庸的主張，罔如讓人覺得似乎有哪裡不對勁。

簡單來說，霸凌者不就是這種視野狹隘、假裝自己很強的人嗎？而逼迫螢舟的父母又如何？說他們相信這是為了女兒好才這麼做，不管別人怎麼說也不為所動，不也同樣展現出這種假強悍嗎？

而小說中的霸凌者，相信自己既重要又偉大，要是存在自卑感，便更會堅持這種狹隘的觀點，硬是加深這樣的確信，但因為無法徹底實現，所以藉由制裁比自己更沒價值的人，以及制裁過著錯誤的生活方式、讓同伴感到不悅的人，以此來證明自己的偉大，不就是這樣嗎？這種信念和強悍穿幫時，如果跟老師坦承，怕會惹來麻煩，所以可能被迫壓抑下來，但如果是在能夠表達的情況下，就該滔滔不絕地說出才是。雖然不是只有這位作者才如此表現，但為什麼許多人都沒發現這點呢？

這樣的理解未必和評審們一樣，有時也可能是我自己的誤解。人生判斷的正確與否，我認為只有時間才能判定。某個主張正確與否，要看十年、五十年後，這個主張所說的未來是否真的到來，以此做判定的依據。我認為，一旦被逼入絕境就能預知未來的能力，已經可算是一種超乎常人的特質了。

所謂的不改變自己，往往是執著於肯定自己的一種醜陋的自戀行為，與自私自利的模樣沒有區別。其實早已發現大家都這麼做，但換作自己時，不也是閉著眼睛假裝沒看見嗎？

有助於人類全體進化的行為，是正確的判斷，這是生物界的習性，而如果獨裁權力開始無視於這種情形，堅持貫徹自己的正義時，就會讓人想起香港、天安門、文革的故事。在這個時代，大家都還沒有忘記那位K女士向我們展現出，對任何事都不為所動的女性強悍的一面，同屬漢字文化圈的我們，勢必得摸索、探尋另一個不同的答案。

還有一件令人在意的事，那就是，島田莊司主張在早期階段對謎題做出提示，小說裡的提示所指為螢舟的死或是屍體，但光是某個角色的死亡或屍體，並不能被視為謎題。如果是自殺，不知道的可能是他為何會死；如果是他殺，不知道的可能是他被殺的方法；如果不明白動機，那麼一開始就會是個謎。

「只要出現屍體，就會是謎題的提示」，如果是這種機械性的保證，那就是新本格推理的失敗，或是范．達因密碼型推理小說的失控。密碼型的盲目崇信，以及信奉條件網羅主義的貫徹，會使人不想放棄這種簡單易寫的特性，對此我們必須抱持懷疑的態度，因為那是一種怠惰心的展現，當一再誘導人們對既有的範例產生依賴，久而久之，世人便會提出要以社會派風格來取而代之的要求，我們必須學習並記取這樣的過去。

另外，希望請別將我的主張看作是一種條件網羅主義。我提出該主張的目的，是為了盡可能將領域的失控往後拖延，因此必須將本格推理小說的成立條件，凝縮在最小的限度。要稱得上是本格推理小說，絕對需要「謎↓解決」的骨幹，引導人們解決謎題，這才是推理的邏輯，但所謂的本格推理，要透過一定程度的高度來取得其資格。簡言之，可以想像的是，光是將謎題置於作品的中心，便可成就一部傑作。謎題雖小，但還是有成為傑作的可能。

在標榜本格推理小說的作品中，光有謎題卻沒解決的小說，一部也不存在。如果是更上乘的本格作品，就算不是採用論文式的用語，也一定存在推理的邏輯。而除了前面提到的條件之外，小說也必須盡可能保有其自由發展的空間。

話雖如此，這部作品的優點，除了前面提到的幾項以外，還有很多。情勢逆轉的演出、犯人的意外性、經過計算的敘述性詭計，鮮明描寫出社會派主題的力量等等，可說是罕見的奇才，而作者也是透過這些優點，將這部作品推向了傑作的領域。

無無明／弋蘭

若光憑大綱要來理解一部作品，《無無明》最能引起我的興趣。因為只有這部作品是基於構造上的設計與獨特的發想來設立情節，是清楚地以設計圖構成的本格推理小說。

一名退休法官，他十五歲的女兒遭人殺害，被分割成六個部位棄置在不同的場所。更奇特的是，在棄置的六個屍塊旁，分別放了一個等身大的木偶。

丟棄屍體的場所與十五年前遭性侵殺害的另一名十五歲女孩的事件有淵源，女孩的父親，這次事件的被害人，就是當時負責對那起事件做出判決的法官。

在此，作者將某個心理學上的研究成果導入事件說明中。作者說，當人們想理解眼前的現象時，不會平均地注意到視線內的事物，而是只將注意力放在感興趣的某一點上，至於其他不關心的事物，則是當成背景看待，不會有所認知。這種視覺分離的習性，心理學家當作是人類在認知外界事物時的範例。人們會對注意的對象會採取機密的分析，並將當成背景看待的對象擺在意識之外，僅做粗略的分析。

在這部作品中，作者將這樣的人類認知範例，用於調查人員的心理。也就是說，在這個棄屍現場，雖然存在著兩個事件，但在人類視覺構造的誘導下，調查人員在無意識中只對其中一起事件有所認知，並將注意力放在明顯易見的現象上，而認定只有一起事件和其發生的背景。

調查人員只對被分屍棄置在現場、令人印象鮮明的屍體產生強烈興趣，至於擺在現場的木偶則沒進入他們的眼中。因此只對分屍案展開搜查，之後有很長一段時間，人偶都被屏除在調查的範圍之外。接著作者進行提問：人們為什麼對於顯而易見的重要證據可以這樣視若無睹呢？

其實在這名少女的命案之前，另外有個人物遭到殺害，他的屍體被分裝在這六具木偶中，這個人就是十五年前少女命案的犯案集團首腦。殺害第二名少女，是為了第一名少女被殺害所展開的報復行為，這名兇手在事跡敗露後，想讓藏在木偶中的這具屍體，說出他犯下第二起分屍案的理由。

雖能了解這是構想相當有趣的本格推理，但這樣的構想還是有其破綻。或許心理學上的見解是如此，但如此嚴重的案件，對調查的警方來說是不可能行得通的。

在血淋淋的棄屍現場，一開始吸引調查人員目光的，確實應該是這具被分割的屍體沒錯，但一旁擺著等身大的木偶，如此怪異又可疑的物體，如果還會被當作是背景而長時間被晾在一旁，沒進入警方的調查範圍內，這樣的情節發展，實在難以想像。倒不如說，這反而會成為警方很感興趣的對象。女孩被分屍的部位，與可疑的巨大人偶會被視為成對的搭配，呈現出獵奇事件的樣貌，任誰都有可能會猜想，人偶當中也許隱藏了屍體。

調查人員並非只有一人，有可能很快就進行分工，對人偶內部展開調查。如此重要又可疑的物體，就算擔心會弄壞它而有所顧慮（但這是殺人案），也可能嘗試用X光檢查，而在兇手把屍體放進木偶內的過程中，也會有些許屍體的血液或體液附著在木偶外面，這都是能夠想像到的事。氣味也可能傳到外面來，體液也會從容器滲出。

這個人偶如果分成上蓋和主體兩個部分，就能用放大鏡找出接縫處，從這個地方用器具撬開，這都是調查人員有可能會做的事。這樣的調查行動有可能會很細心地展開，如果最後裡面什麼也沒發現的話，讀者反而會更吃驚吧。

這位作者的失算之處在於，他認定有關心理學的視覺分離現象，在所有案件中都會機械式地發生，不會有例外。只要同意這點，那麼認為人們一定會將等身大的木偶看作是背景這點，就確實是他的失算了。既然是如此罕見的物體，人們一輩子應該很少有機會看到，大家看過的，都是體型小一點的人偶。既然是這麼罕見的大型人偶，人們就會把它們和分屍的屍體看作是成對的搭配，而納入有強烈興趣的優先注意對象吧。

如果看作是背景而不予理會的情形真的發生的話，那應該是更常見的普通物體，而且是體積小的東西才對吧。如果是像路邊的石頭或是木片，自然就會發生這種情形。假使是這些東西，就不太會懷疑它裡面是否空洞，也不太會懷疑裡面是否藏了什麼東西。倘若是手提包或煤油罐，當然就會產生想調查裡面東西的想法。等身大的人偶，會讓人聯想到棺木，如果是類似的東西，不是很容易讓人懷疑這是容器嗎？

這樣的失算雖然有點遺憾，不過這部作品的設計圖饒富趣味，是會讓人有好感的類型。如果從我在《野球俱樂部事件》的評語中所說的推理小說史分類來看的話，這部作品算是第一期的構想，同時也是第四期的案例。假使能夠採用更高深的最新科學見解，或許能找出突破點，一舉讓這部作品成為傑作。

國家圖書館出版品預行編目資料

無無明 / 弋蘭著. -- 初版. -- 臺北市 : 皇冠,
2019.09 [民108]. 面; 公分. --(皇冠叢書; 第4794
種) (JOY ; 222)

ISBN 978-957-33-3479-8 (平裝)

863.57 108013803

皇冠叢書第4794種
JOY 222

無無明

作　者—弋蘭
發 行 人—平雲
出版發行—皇冠文化出版有限公司
台北市敦化北路120巷50號
電話◎02-27168888
郵撥帳號◎15261516號
皇冠出版社(香港)有限公司
香港上環文咸東街50號寶恒商業中心
23樓2301-3室
電話◎2529-1778　傳真◎2527-0904
總 編 輯—龔橞甄
責任主編—許婷婷
責任編輯—林郁軒
美術設計—王瓊瑤
著作完成日期—2019年
初版一刷日期—2019年9月

法律顧問—王惠光律師
有著作權・翻印必究
如有破損或裝訂錯誤，請寄回本社更換
讀者服務傳真專線◎02-27150507
電腦編號◎406222
ISBN◎ 978-957-33-3479-8
Printed in Taiwan
本書定價◎新台幣300元/港幣100元

• 【金車・島田莊司推理小說獎】臉書粉絲團：
www.facebook.com/shimadakavalanMysteryNovelAward
• 【謎人俱樂部】臉書粉絲團：www.facebook.com/mimibearclub
• 22號密室推理網站：www.crown.com.tw/no22
• 皇冠讀樂網：www.crown.com.tw
• 皇冠Facebook：www.facebook.com/crownbook
• 皇冠Instagram：www.instagram.com/crownbook1954
• 小王子的編輯夢：crownbook.pixnet.net/blog